U0567591

小小说精品系列

盐河旧事

……

诱学 上席宾客 汪家父子 赌城 赛花灯 吃客 船贼 大厨 锅匠 斗羊 跑鲜 妙方 忙年 捉贼 嫁祸 威风 打码头

盐河旧事

相裕亭 ———— 著

人民文学出版社

图书在版编目（CIP）数据

盐河旧事/相裕亭著. —北京：人民文学出版社，2018
（小小说精品系列）
ISBN 978-7-02-013881-4

I. ①盐… II. ①相… III. ①短篇小说—小说集—中国—当代 IV. ①I247.7

中国版本图书馆 CIP 数据核字（2018）第 041352 号

责任编辑　脚　印　王　蔚
装帧设计　刘　静
责任印制　王重艺

出版发行　人民文学出版社
社　　址　北京市朝内大街 166 号
邮政编码　100705
网　　址　http://www.rw-cn.com

印　　刷　三河市宏盛印务有限公司
经　　销　全国新华书店等

字　　数　130 千字
开　　本　880 毫米×1230 毫米　1/32
印　　张　8.125　插页 1
印　　数　1—10000
版　　次　2018 年 7 月北京第 1 版
印　　次　2018 年 7 月第 1 次印刷

书　　号　978-7-02-013881-4
定　　价　38.00 元

如有印装质量问题，请与本社图书销售中心调换。电话:010-65233595

打码头

　　盐河入海口，原是一片一眼望不到边际的盐碱滩，海风吹来，白茫茫的盐硝，平地而起，如云似雾，狂奔乱舞，遮天蔽日。

　　有位异乡来的商人，后人称他大盐东，偏偏看中了那片不毛之地。他满怀信心地领来大批穷汉子，在此搭茅屋，支"地笼"，就地整盐田，修盐道，开挖通向大海深处的盐河码头。

　　起初，跟着东家一起来的少奶奶，后来称之为大太太。她受不了盐区那水咸土碱之苦，整日鼓着嘴，要回城里去。

　　东家不依。他认准了那片盐碱滩上能淌金流银。他倾其血本，给那些泥里、水里、盐河套里挖大泥的盐工们吃小麦子煎饼、喝大碗的鸡蛋汤，每天给下海滩的盐工发六个铜板，见天还给他们每人发一双崭新的茅草鞋。

　　清晨，东家通过所发放的草鞋数，知道当天有多少盐工下海滩。以此，估算出当天需要多少张小麦子煎饼，多少碗鸡蛋汤。而那些异乡来的穷汉子们，惜草如金！看到东家当天发给他们的草鞋尚未穿破便要回收，有些舍不得，窝藏起来，谎说草鞋丢了，领来新鞋，拿去酒馆里换酒喝。

很快，东家发现了盐工们私藏草鞋的秘密，便立下规矩：谁不把当天穿过的草鞋交上来，扣罚当天的伙食。这样一来，那些原本就吃不饱肚子的穷汉子，不得不把穿过的草鞋乖乖地交上来。

东家把收上来的旧草鞋堆在一块空旷而平整的盐碱滩上，多不过三日，就会选一个适当的时机，悄悄烧掉！

东家的这一举动，盐工们并没有在意。大伙都忙着挖大泥、挣洋钱，谁去关心那些穿过的旧草鞋呢。

忽一日，有位盐工夜间起来撒尿，看到东家和少奶奶，一前一后地打着灯笼走近那堆旧草鞋。

那一刻，只见东家划亮火柴，四下里张望一番，随后将那堆旧草鞋点燃了。少奶奶珠光宝气地站在一边，看着东家把那火苗燃旺。然后，猫下腰，仔仔细细地拨弄起地上的火灰。

那位盐工很纳闷，心想：东家这是干什么呢？等他看到东家从草灰里拣出一粒闪光的小颗粒，递给少奶奶时，那盐工恍然大悟：东家拣到的，是一粒金子，或是一粒天然的金砂石。

常言道：沙里淘金。这波涛汹涌的黄海岸，被海浪冲刷了几千年、几万年，没准他东家早就发现这一代海域的泥质里有金子。他让盐工们每天脱下穿过的旧草鞋，换上新草鞋，目的是让大伙把海泥中软中带"刺"的金子给他带回来。这可真是一本万利呀!

此事,当天夜里就在盐工中传开。

第二天,盐工们再穿着东家发给的新草鞋下海滩,头半晌就有人私下里把草鞋拆散,寻找金子。傍晚收工时,好多人都把鞋底翻过来看个究竟。有人,干脆学着东家的做法,在收工回来的途中,架起柴火,把自己的草鞋烧掉。

这一来,东家制裁丢草鞋的办法更加严厉了!凡是当天不把草鞋交上来的盐工,罚去当日的工钱,并扣除当天的伙食。

尽管如此,仍然有人为找到金子,宁愿饿肚子、扣工钱,也要去鞋里找金子。其间,确实有人在草鞋里找到过金子。

事已至此,东家已无法否认那片海滩里有金子。但他对踩到金子的盐工,提出四六分成,原因是,那片海滩是他花了银子买下的。但盐工们每日下海滩的工钱就此降低了,道理是那片海滩上,有金子可寻!

说来也怪,东家对盐工们如此苛刻,先期而来的老盐工,为寻得金子,还是舍不得离去;而那些闻金而来的异乡汉子们,一传十,十传百,纷至沓来,使东家的盐场,气吹的一样,迅速发展壮大起来。

不久,那片盐碱地里晒出了白花花的海盐。

可此时的东家,忽而抛开手中流金淌银的盐田,做起了甩手掌柜。他将盐河口那上百顷盐田,转租给当地一些小盐商,他本人只管坐收渔利。

打破头 '六八 尹国 □

那一刻，只见东家划亮火柴，四下里张望一番，随后将那堆旧草鞋点燃了。少奶奶珠光宝气地站在一边，看着东家把那火苗燃旺。

这一来，少奶奶不干了，她惦记着盐滩里有金子，提醒东家，说："咱们的海滩上，不是有金子吗，怎么能这样白白地租给人家？"

东家没好气地说："你知道个屁！"

东家本想告诉少奶奶，海滩上的金子，都是他私下里设的套儿。那话已到嘴边了，他又咽回去了。

威
风

东家做盐的生意。

东家不问盐的事。

十里盐场，上百顷白花花的盐滩，全都是他的大管家陈三和他的三姨太掌管着。

东家好赌，常到几十里外的镇上去赌。

那里，有赌局，有戏院，还有东家常年买断的一套沿河、临街的青砖灰瓦的客房。赶上雨雪天，或东家不想回来时，就在那儿住下。

平日里，东家回来在三姨太房里过夜时，次日早晨，日上三竿才起床，那时间，伙计们早都下盐田去了，三姨太陪他吃个早饭，说几件她认为该说的事给东家听听，东家也不知道是听到了，还是压根儿就没往耳朵里去，不言不语地搁下碗筷，剔着牙，走到小院的花草间转转，高兴了，就告诉家里人，哪棵花草该浇水了；不高兴时，冷着脸，就奔大门口等候他的马车去了。

马车是送东家去镇上的。

每天，东家都在那"哗铃哗铃"的响铃中，似睡非睡地歪在马车的长椅上，不知不觉地走出盐区，奔向去镇上的大道。

晚上，早则三更，迟则天明，才能听到东家回来的马铃声。有时，一去三五天，都不见东家的马车回来。

所以，很多新来的伙计，常常是正月十六上工，一直到青苗淹了地垄，甚至到后秋算工钱时，都未必能见上他们的大东家一面。

东家有事，枕边说给三姨太，三姨太再去吩咐陈三。

陈三呢，每隔十天半月，总要想法子跟东家见上一面，说些东家爱听的进项什么的。说得东家高兴了，东家就会让三姨太备几样小菜让陈三陪他喝上两盅。

这一年，秋季收盐的时候，陈三因为忙于各地盐商的周旋，大半个月没来见东家。东家便在一天深夜归来时，问三姨太："这一阵，怎么没见到陈三？"

三姨太说："哟，今年的盐丰收了，还没来得及对你讲呢。"

三姨太说，今年春夏时雨水少，盐区喜获丰收！各地的盐商，蜂拥而至，陈三整天忙得焦头烂额。

三姨太还告诉东家，说当地盐农们，送盐的车辆，每天都排到二三里以外去了。

东家没有吱声。但，第二天东家在去镇上的途中，突发奇

东家没看陈三，只用手中的拐杖，指了指他脚上的靴子，不温不火地说："『看看我的靴子里，什么东西硌脚！』"

想，让马夫带他到盐区去看看。

刚开始，马夫以为自己听错了，随后追问了东家一句："老爷，你是说去盐区看看？"

东家没再吱声，马夫就知道东家真是要去盐区。东家那人不说废话，他不吱声，就说明他已经说过了，不再重复。

当下，马夫调转车头，带东家奔向盐区。

可马车进盐区没多远，就被送盐的车辆堵在外头了。

东家走下马车，眯着眼睛望了望送盐的车队，拈着几根花白的山羊胡子，挂着手中小巧、别致的拐杖，独自奔向前头收盐、卖盐的场区去了。

一路上，那些送盐的盐农们，没有一个跟东家打招呼的——都不认识他。

快到盐场时，听见里面闹哄哄地喊呼——

"陈老爷！"

"陈大管家！"

东家知道，这是喊呼陈三的。

近了，再看那些穿长袍、戴礼帽的外地盐商，全都围着陈三递洋烟、上火。就连左右两个为陈三捧茶壶、摇纸扇的伙计，也都跟着沾光了，个个叼着盐商们递给的烟卷儿，人模狗样地吐着烟雾。

东家走近了，仍没有一个人理睬他。

被冷落在一旁的东家，心里很不是滋味，他在那帮闹哄哄的人群后面，好不容易找了个板凳坐下，看陈三还没有看到他，就拿手中的拐杖从人缝里，轻戳了陈三的后背一下。

陈三一愣！还没有反应过来身后的这位小老头，到底是不是他的东家时，大东家却把脸别在一旁，轻唤了一声，说："陈三！"

陈三立马辨出那声音是他的大东家，忙说："老爷，你怎么来了？"

东家没看陈三，只用手中的拐杖，指了指他脚上的靴子，不温不火地说："看看我的靴子里，什么东西硌脚！"

陈三忙跪在东家跟前，给东家脱靴子。

在场的人谁都不明白，刚才那个威风凛凛的陈大管家、陈老爷，怎么一见到眼前这个骨瘦如柴的小老头，就跪下给他掏靴子。

可陈三是那样的虔诚，他把东家的靴子脱下来，几乎是贴到自己的脸上了，仍然没有看到里面有何硬物，就调过来再三抖，见没有硬物滚出来，便把手伸进靴子里头抠……确实找不到硬物，就仰起脸来，跟东家说："老爷，什么都没有呀！"

"嗯——"东家的声音拖得长长的，显然是不高兴了。

东家说："不对吧！你再仔细找找。"

说话间，东家顺手从头上捋下一根花白的头发丝，猛弹进靴子里，指给陈三："你看看这是什么？"

陈三捏起东家那根头发，好半天没敢抬头看东家。东家却蹬上靴子，看都没看陈三一眼，起身走了。

嫁
祸

东家的枪法不错。

海边盐滩上，看到一群腾空而起的海鸥或展翅飞翔的鱼鹰，大东家手起枪响，准有一撮银亮的羽毛留在空中。而脱离那撮羽毛的海鸥或鱼鹰就像空中飘落下个布口袋似的，飘飘摇摇地急坠而下。随着不远处水沟里"扑"的一声响，一大朵洁白的水花便绽放开了，那只漂浮物，伴随着一缕缕殷红的血丝，就一动不动的漂浮在水里了。

东家看到那猎物很高兴！

东家的高兴，不是用开怀大笑来表达，而是极为得意地把他手中的枪扔给他的马夫，高吼一声：

"嗨！你也来一枪，田九。"

东家外出打鸟，大都是田九跟在身旁。有时，大管家陈三也围其左右。但那样的时候少，陈三管的事情多，他忙。

偶尔东家带陈三出来，那是专门给他寻开心的。

田九为东家赶车，东家走一步，他跟一步。东家在玩枪高兴的时候，总是要喊呼田九也来一枪。

田九捧着枪，哪里敢放哟！他假装连枪栓都找不到。左右摆弄一气儿，末了，还是堆一脸憨憨的笑。把枪还给东家了。

这事情，若换了陈三，他是无论如何也要向空中放它个一枪半响的。

陈三是大管家不说，还深得三姨太的宠爱。至于私下里，他们两个人偷鸡摸狗的事，外面有传言，东家也早有察觉。但东家只装作什么都不懂。田九就不行了。他没有那个胆儿！

那胆儿，不是你敢不敢摸枪，而是你有没有那资格在东家面前去耀武扬威。

东家呢，有时会手把手地教给田九，如何握紧枪托、扣紧扳机、瞄向空中哪只飞鸟。

尽管如此，田九还是一枪都没有单独放过。有几回，那枪虽然是响在田九的手上，可瞄准的一刹那，是东家帮他扣响板机的。

不过，那样的时候，东家一定是遇到什么喜事了。

这一年，海盐大获丰收，东家高兴。

腊月二十三，东家把田九和陈三，都叫到后院喝酒。

说是后院，其实就是在三姨太房中。

酒桌上，东家说了这一年陈三和田九的辛苦，又说了明年的打算。等说到大家都高兴的时候，东家去里屋摸出枪来，说去盐场上比枪法——打鸟。

陈三那个乐哟！连拍大腿，说："好！"

三姨太也想去，可她酒桌上贪杯了，没离开酒桌，就说头晕。东家让陈三扶她到里屋躺下。随即让田九套马、备车，三人一同去了离盐区最远的一块海滩。

那里人少，各种海鸟多。

东家说，今天他少放几枪，让陈三过把枪瘾。另外，还要想法子把田九的枪法教会。

开始，田九认为东家是说给他们高兴的，没想到到了盐区后，东家把一发发锃亮锃亮的子弹推上枪膛后，单手握着枪管，问田九和陈三："你们两个，哪个先来？"

陈三虽推让田九，田九哪能不知趣呢，田九立马把陈三推到东家跟前。

东家在递枪给陈三的时候，嘱咐他一定要瞄准了再扣扳机。

陈三说："懂！"

"小心走火！"

陈三说："老爷，你放心！"

陈三跟大东家出来打鸟已不是一回，多少也懂点枪法。果然，"咣——咣——"，几声枪声响之后，还真有鸟儿坠落下来。

东家一旁连连说："好，好！"

等枪传到田九手中时，田九只憨憨地笑，不敢去动真格的。

嫁祸京华

发国

笋枪传到田九手中时，田九只憨憨地笑，不敢去动真格的。

东家说：『你怕什么，跟陈三学。』

东家说："你怕什么，跟陈三学。"

田九仍旧憨憨地笑，末了，还是说："老爷，你来吧！"

"嗨！"大东家一拧头，过来帮田九握紧枪托，扣紧扳机，就在教他瞄准的一刹那，就听"咣"的一声脆响，鸟儿没打着，陈三却一头栽进旁边的盐田里了。

当下，田九和东家都愣了！

可就在陈三蹬腿、抓泥的时候，大东家不顾他的长衫大褂，扔下手中的枪，三步并作两步地跳进盐塘，一把将陈三从泥里抱起来，连呼带唤：

"陈三，陈——三！"

那时间，陈三已经死了。

一颗子弹正中他的太阳穴，鲜红的血与那白糊糊的脑浆搅在一起，就像刚出锅的嫩豆腐，拌上红红的辣椒油一样，汩汩外流。

大东家看陈三气绝身亡，忽而瞪圆了双眼，冲田九大吼一声："田九，你可惹下大祸啦！"

捉
贼

城里，大东家有一套青砖灰的住宅，前后院落，坐北朝南地守在小盐河边上。远远的就能看到那高高的白墙壁和四角高翘的风铃角儿。

那白墙灰瓦的高房后面，是一个挺大的院子。尽管里面有花草，有四季常青的松柏，但大东家很少去了。那房子，是大东家没娶四姨太之前，专门用来落脚的。

那时间，大东家白天在城里听戏，耍钱，喝茶，夜晚大都要回盐区陪三姨太。赶上阴天下雨，回盐区道儿泥水多，东家不想回去了，就到那房里住个一宿半日，偶尔，三姨太跟来城里看风景，也住在那儿。

如今，大东家又娶了这城里天成大药房的千金做了四姨太，光是那天成大药房的一片宅院都住不过来，哪里还用得着盐河口那房子哟！可时间久了，大东家有意无意的，还要拐到那里去看看。

说是去看看，其实，就是到那儿走一圈。有几回，马车停到院子里，大东家都没有下车，只是吩咐下人去把门窗打开透透气，他躺在马车上迷迷糊糊地睡着了。可大东家每回来，都少不了麻烦马路对面的杨八。

杨八，光棍一个，住在大东家对面的两间小破屋里。每到集日，端顶破帽子，去街头书场帮人家收钱，混几个铜钱度日。可他每回看到大东家的马车过来时，总是前前后后地围候着。告诉大东家，这段日子，有什么人到府上来过，或是来了几个什么样的人，打听过老爷的去向。再者，就是告诉大东家哪天哪日，什么人家的孩子爬进东家的后花园，采摘了什么花朵或是折断了几根带着红花绿叶的树枝儿。

那样的时候，大东家轻"嗯"一声，就算是知道了。

回头，大东家要走时，扔几个铜钱给他，叮嘱他继续看好家院。

可那杨八得了大东家的银两，并不真心去给东家看门护院，他一有空闲就跑到街上听书去了，根本没把那大东家交代的事放在心上。主要是大东家给他的那几个铜钱确实也太少了。

当然，从大东家的角度讲，他也用不着花大的本钱专门去雇一个人，去看护那一片空荡荡的住宅。说到底，那家院只是东家的一个落脚的地方，里面除了花草，就是几间空房，没有什么好看守的。

可时间久了，没有人进那家院，门台石缝里的青草都长出

那家伙扔下手中的火柴，想跑。与此同时，院内的大树上，忽而跳下几个壮汉，把那个贼人堵住。这时，早有准备的大东家，不紧不慢地划亮他手中的火柴，点亮屋里的油灯。

小半尺高。窗台上，院子里的石凳上，到处都落满了白乎乎的麻雀屎。更可气的是一些不懂事的孩子，跑到院子里摘瓜果，折树枝，还往大门上抹泥巴哩。等大门铜锁被杨八用根草绳子来代替时，院子里几块值钱的假山石，都被人偷走了。

大东家听到这个结果，并没有在意。那时间已近中秋，盐区每年的这个时候，都要在城里购些鸡、鸭、肉、鱼，一时拉不走时，就会暂时放在那房子里。

这天傍晚，大东家又弄来了不少东西。卸车的时候，大东家让人把大门闩上。回头，东家的马车"哗铃哗铃"地走出院子时，尽管门里门外都上了锁，还是赏了几个铜钱给杨八，叮嘱他，这两天事情多，让他多给长长眼睛！

当晚，杨八因为收了大东家的赏钱，确实也尽心尽职了。几乎是大半夜没有合眼，他一会儿围着东家的宅院转转，一会儿又转转，好像总也不放心似的。大约到后半夜，杨八不知跑到哪儿打瞌睡去了！可偏在那时，东家的院子里，忽而鬼鬼祟祟地摸进来一个人，那人不声不响地把大门上的铜锁拧开，又去拧堂屋门上的铜锁。

进屋后，那人还不紧不慢地划亮一根火柴，想去点亮桌上的油灯时，忽而看到大东家正两手抱在胸前，静坐在桌前的太师椅上。

那家伙扔下手中的火柴，想跑。与此同时，院内的大树上，忽而跳下几个壮汉，把那个贼人堵住。这时，早有准备的大东家，不紧不慢地划亮他手中的火柴，点亮屋里的油灯。

再看那被捉的贼人，不是别人，正是声称给大东家看门的杨八。

大东家早就料到他是个贼，他为了多讨大东家的几个赏钱，制造出一次次家院被盗的假象，大东家不想搭理他，今儿看他实在是闹得有些出格了，这才想个法子整治他。

杨八跪在地上，磕头求饶。

大东家半天无语，静静地看着那杨八。

许久，大东家终于发话了，怔告他，今天放他一马。条件是，从今以后，这个院子里，再少一根草棒子，就把他当晚做贼的事，拿到官府去问罪。

忙
年

一进腊月，吴家大院里就开始忙年了。

先是南来北往的牛贩子、羊贩子，主动上门订货，再就是
附近三乡五里的，哪家有个稀罕物，比如院儿里打下的金丝蜜
枣、甜水黄梨以及溇透了的红柿子什么的，自家孩子舍不得上
口，也要拣个大个儿的、色泽亮丽的，用筐子、篮子或是一方
小手巾什么的提来，问吴家要不要，以便能换几个铜板，赶新
年给孩子添件新衣裳，或是全家人能在年初一的早晨吃顿白面
饺子。

吴家的内务，全都是大太太掌管着。

每年的这个时候，她都提早告诉管家，进多少牛羊，杀几
头肥猪。至于那些枣呀、梨呀、葵花籽什么的，都是些零嘴玩
意儿，大太太交给她身边的一个叫兰枝的丫头管。

大太太身边，一直都是兰枝、兰叶两个丫头伺候着。

兰叶多居屋内，给大太太梳头、捶背，大太太好抽烟，她

那杆乌亮亮的竹竿烟袋，足有二尺长，大太太自个儿是够不着点火的，全都是兰叶摇着火捻子，歪着头，鼓圆了樱桃小口轻轻地给她吹进火星儿。有时，那火星吹不旺，大太太反手就把那长烟袋抽在兰叶的脸上了。

兰枝在某种程度上，已经担负起管家的重担，吴家大院里，自老管家陈三死后，大大小小的事情，都交给兰枝丫头来张罗。

兰枝丫头年纪虽轻，可她很懂理！有事儿，大都站在堂屋客厅与东厢房相隔帘子旁说给大太太。大太太有事儿，由兰叶出来喊兰枝在门口的帘子旁听着。

这一年，吴老爷捎过话来，说要领四姨太回来过年。家里杀的牛呀、羊的，相比往年都要多出好几倍来。

大东家吴老爷自打娶了四姨太，就长年住在城里了。那里，有大东家的钱庄和四姨太她父亲留下来的天成大药房。如今都是吴老爷一个人掌管着。

大太太知道，吴老爷和四姨太一回来，就要请县上警察局、镇上治安员什么的，到家里来吃酒席。原准备杀两头牛的，又让管家再去牵一头来，吴老爷爱吃牛肉丸子。又让兰枝多去弄点白果、核桃什么的，为四姨太准备着。

这样一来，家里的计划全打乱了，要杀的鸡呀、羊呀，所蒸的年糕、包子、五花肠什么的，全都要再添份子。一时间，可忙坏了兰枝！

眼看就要到年根儿底了，三四个厨子昼夜不停地炒呀煮的，还是少个杀鸡剖鱼择菜的。

兰枝想到了往年来帮过厨的东街田嫂，就去请示大太太，问是不是叫田嫂来帮帮忙？

田嫂有二十出头，瘦高个儿，雪白的脖子，干活很利落，杀鸡、宰鹅、油炸狮子头，样样都能拿得下来，尤其是揉馒头压卷子时，她把两只衣袖高挽着，揉起面团来，总踮起脚尖往下用力气。

这几年，吴老爷很少回来过年，家中不再做太多的菜，一般不再去叫田嫂来了。

田嫂这两年运气不佳，先是生个小豁嘴丫头，接下来，她丈夫的腿又在今年秋天运盐的时候磕断了，已经三个多月不能下地干活了，家里所有值钱的东西变卖给她丈夫吃药了，可那腿还是不敢着地儿。

大太太可能也忌讳田嫂的孬运气，兰枝在门口问她的时候，大太太半天都没吭声。

大太太也在想，这都年根儿底了，不叫田嫂来，又好再去叫哪个呢？再说，换个新手来，她一时半会儿，还插不上手哩！大太太就没有干预这件事。

兰枝呢，听大太太没有回话，也没听大太太反对，就知道大太太是默许了，随即派人去找田嫂。

田嫂来的时候，满脸都是喜悦。她在家里，正在为过年发愁哩！

灶乡 '八夏
雪庐

田嫂有二十出头，瘦高个儿，雪白的脖子，干活很利落，杀鸡、宰鹅、油炸狮子头，样样都能拿得下来，尤其是揉馒头压卷子时，她把两只衣袖高挽着，揉起面团来，总踮起脚尖往下用力气。

　　吴家人若是再晚叫一步，她就要把头发剪下来，拿去小店换两个铜板好过年了！

　　多亏了吴家让她来帮厨。这样，等到年根儿底，离开吴家时，多多少少的给一点鸡呀鱼的也就好了。若赶上吴家老爷、太太们高兴了，没准还能给好几个热肉丸子哩！

　　田嫂满怀着希望，来到吴家。

　　当天，田嫂顶着一个灰白的花手巾穿一件紫花的小夹袄。那小袄，没准还是结婚那会做的，前几回来帮厨，也都穿着它，紧箍在身上，衣角还翘巴着，正好有个脏围裙，给她一扎，刚好把那小袄翘起的衣角给扎住了。尔后，田嫂就被指派到当院的污水窝前拔鸡毛。

　　田嫂挽起两臂，从屋里的大锅里提来一大木桶热水，往那大盆里一倒，抓过一只鸡往那热水盆里一打旋儿，热气还在直冒呢，田嫂就大把大把地往下扯鸡毛了，她旁边有个专门用来蘸手的冷水盆，手烫得受不了时，就往那冷水盆里一蘸，立马又去拔鸡毛了。要不，盆里的热水一凉，鸡毛就不好拔。田嫂干这样的活，是很有些经验的。

　　接下来，田嫂又被喊去和面、剁肉馅、打年糕，等到年三十的那天下午，吴家已经没有多少事了。也就是说，那时间田嫂可以回去了，可吴家还没有开口说给她点什么东西，田嫂就没急着走，她自己给自己找些事情做，把炸鱼炸剩下的碎鱼、烂虾与玉米面、鱼粉面和在一起，为吴家的狗呀、猫呀，也准备了"年夜饭"。

等到吴家大院在风雪里贴上红对子，挂上大红灯笼时，街上稀稀拉拉地响起了迎新年的鞭炮声。那时间，已经是大年三十的夜了。

大东家吴老爷与四姨太，因为那场暴风雪，临时取消了回盐区过年的计划。他们只说等年后，天气好转了再来。

大太太知道这个结果，连晚饭都没吃，歪在床上迷迷糊糊地睡了。

后来，等兰枝领着田嫂，站在帘子外面喊她时，大太太似乎是睡着了。兰枝连喊了两声：

"大太太，田嫂要回去了！"

"田嫂要走了，大太太？"

喊声中，田嫂正两眼茫茫地站在门外的风雪里。

田嫂想，今年东家做的肉、鱼丰盛，怎么也该给她一点带上。田嫂自打到吴家来忙年，家中的瘸腿丈夫，还有那个豁嘴的小闺女，没准几天都没进汤水。田嫂家的年怎样过，就指望吴家大太太的恩赐了！

哪知，大太太里屋发话，说："窗台上的枣儿，给她几个吧……"

兰枝和田嫂还在等大太太的下文，可大太太不吱声了。

兰枝低着头，从屋里出来时，田嫂已捂住哭声跑出了吴家大院，兰枝一个人，站在吴家大院的雪地上，许久，一动没动。

　　第二天，大年初一早晨，吴家大院里一阵喜庆的鞭炮响过以后，少爷、姑奶奶以及吴家的奶娘、奶妈、丫头们，一拨一拨来给大太太磕头拜年。等临到兰枝、兰叶时，兰枝跪在大太太床前磕过头后，退到门外的帘子旁，告诉大太太，说田嫂昨晚在回去的路上，投井死了！

　　大太太听了，半天没有吱声。末了，大太太恶狠狠地说了一句："不识抬举！"随后，责成吴家大院里的人，谁也不许去看热闹，权当吴家不知道那回事情。

妙方

盐区繁荣的时候，大大小小的药房、药铺十几家，前街的华生堂，后河口的李家药铺等，都不成气候，顶上天，也就是看个头疼脑热的，提不上把儿。当然，最提不上把的，当属鱼市巷里的曹家老妈子，虽说她的小药箱里，整天也晃动着红药水、紫药水，可她是个接生婆，帮助女人生小孩子的，女人肚皮以外的事儿，她就没了能耐。

在盐区，所有的药房、药铺中，天成大药房挂头牌。大掌柜的贺大夫，大名贺金魁，其医道方圆百里闻名。

码头上，折胳膊、断腿的伙计，哭着喊着抬来，无不笑着乐着，拱手谢着离去。日本人在此地铺铁路、开矿山、修炮楼时，都请贺大夫去坐诊，你想想，那能耐，了得！

只是这人一有了能耐，派头自然也就拿足了。一般人得个头疼发烧的小毛病，贺大夫不上手了，打发你去前街华生堂或后河口李家药铺里瞧去。要么，就到天成前厅里，找伙计们用药好啦。贺大夫就不出面了！当然，这类的小毛病，前厅的伙计们都能瞧，也用不着劳驾贺大夫。

偶尔，有富贵人家的俊太太、娇小姐坐着花轿请到门上，伙计们不敢怠慢，即便是无须请贺大夫，也要礼节性地把贺大夫请出来。这等于给足了对方面子。再者，就是天成内部的伙计们得了毛病，尤其是大东家一家老少几十口，偶尔谁得个头疼脑热的，全都是贺大夫亲自出方子。

今儿这一遭，毛病出在一个新月里的婴儿身上，可他，揪动着天成上下几十口人的心！要问什么人这么重要？说出来吓你一跳！天成大东家四姨太所生的小主人，忽然间拉稀不止，又哭又闹。

四姨太房里那个小脚奶妈，把那个粉嫩嫩的小人儿抱出来，给贺大夫看过两回了。

头一回，贺大夫正陪大东家在客厅里摸纸牌，那个小脚颠颠的奶妈子，乐哈哈地抱来小主人，一则，是想让老爷、太太们看个新喜，再者，就是向贺大夫讨教："孩子老是拉稀，又哭又闹怎么办？"

贺大夫压根没当回事情，孩子嘛，哭哭闹闹，正常事，不哭不闹，那可真出了麻烦。但碍于老爷、太太们在场，贺大夫还是掀开襁褓一角，张了两眼，说："节食，轻晃，即可！"

贺大夫没做更多的解释，又和大东家、太太们继续摸牌。

奶妈懂了！四姨太头一胎生了个大胖小子，这个疼，那个爱，抱来晃去地不停手，再加上四姨太奶水充足，没准是给孩子喂多了，撑着了。

老爷、四姨太信着贺大夫，自然不会多虑孩子为何哭闹的事。可两天以后，奶妈又抱来小主人，说昼夜啼哭不止，孩子的眼圈都哭肿了，怕是添了什么新毛病。

这一回，贺大夫认了真，摸摸婴儿的小脑门，不烧；看看孩子的舌苔，粉嫩正常。贺大夫想：莫不是孩子有了内火？告诉身边的伙计："取几粒仁丹，让四姨太喂奶时，沾在乳头，哄孩子服下。"

那是一种细如灰土的西洋药，十分稀有珍贵！可消炎去火，尤为适应婴儿服用。但是，四姨太将那药物喂下孩子后，并不见好转，尤其是拉稀，怎么也止不住！眼看着白胖胖的小宝宝，一天天瘦成皮包骨头。

这时间，贺大夫坐不住了，天成的伙计们，看贺大夫都束手无策，都认为孩子患了不治之病，一个个感到脸上无光！自家开着大药房，竟然治不好大东家小宝宝的毛病。

大东家开始信着贺大夫，稳住阵脚不动。可这两天，有事没事，总要到贺大夫这边来转转。弄得贺大夫直冒虚汗，可就是找不到下药的方子。

四姨太疼孩子，心焦，传出话来："治不好孩子的病，干脆都给我打包袱，走人！"

这话，是说给贺大夫听的。可天成的伙计们都有份儿！大伙儿全都拿着天成的俸禄，谁能脱了关系？

一时间，天成的伙计们，一个个全都缩了头。大伙儿都盼着贺大夫开方子，可贺大夫迟迟不敢下药。

就在这节骨眼上，鱼市巷的曹家老婆子，拎着红药水、紫药水的小药箱，摇啊摇的，打天成门前走过，看到四姨太房里的奶妈抹着泪水出来倒垃圾。问其原因，奶妈道出小少爷的病情，并说贺大夫都奈何不了。

曹老婆子轻叹一声，摇摇头，走去老远，又折回来，找到刚才奶妈倒垃圾的地方，看了半天，摸到四姨太的房里，斗胆开出一方：粗茶淡饭，外加青菜萝卜豆芽汤。

两天后，孩子的毛病，好了。

那曹老婆子从天成连日来倒出的垃圾中，看到四姨太月子里，吃尽了山珍海味、猴头燕窝，猜到四姨太的奶水里油性过大，婴儿肠胃拿不住，顺屁沟子流油。

跑
鲜

跑鲜，叫全了，应该是跑海鲜。

盐河码头上，鱼多，虾多，蟹多。跑海鲜一说，泛指渔船靠岸后，那些倒腾鱼虾的小商小贩。可这词儿，到了菜农汪福的嘴里，偏偏就给省去了一个字——跑鲜。

追其原因，汪福不卖鱼虾，卖菜。他没有资格称之跑海鲜，可他篮子里的青菜瓜果，又与码头上的鲜鱼活虾一样图个新鲜气儿。所以，汪福把跑海鲜借过来，便成了跑鲜。

汪福跑鲜，与一般挑担、摆地摊的菜农不同，他不摆地摊，不开铺子，也不挥汗如雨地挑着青菜萝卜走街串巷。汪福就凭手中一个紫荆篮子，拎点四时八节极为新鲜的瓜果桃梨，或市面上尚未露面的紫葡萄、红樱桃、白香杏之类的稀罕物儿，专奔盐区的大宅门。

盐区有数的几户高门大院，尤其像吴三才那样的大盐商，看门的都认识他，院子里的狗见到他，都直摇尾巴。

每天清早，汪福在紫荆篮边插一把乌杆油亮的小盘秤，冒一头热汗，奔一户大宅门，轻拍一下虎头门环，里面问一声："谁？"

汪福不说他是汪福，汪福说："跑鲜的！"

里面的人立马就明白了，是那个白白胖胖的小老头汪福来了，"吱吱呀呀"为他打开大门。

这时刻，汪福的篮子里，若是一把一把翠绿的小青菜，或是带着泥质的鲜菱、莲花藕，他便堆着满脸歉意的笑，跟开门的人说一声："打扰！"随后挽着篮子，奔后面的厨房，找厨子过了秤，论个价儿，也就罢了。倘若今日篮子里有黄如龙袍似的麦黄杏、鸭蛋梨，或前头带花、中间带刺的嫩黄瓜，或歪嘴的"一线红"蜜水桃，先让看门的抓两个。而后，直奔后院老爷、太太的窗下，喊一声："刚下枝的麦黄杏？"或"顶花带刺的脆黄瓜？"

窗子里的主人，有时掀开帘子张一眼，有时看都不看，隔着帘子，说："来五斤。"或"都放下吧！"

那样的时候，无须谈斤论价，老爷、太太随便赏一点，都要高出外面市价几倍的价钱。有时，就那么几个脆生生的小水萝卜，或几只市面上尚未看价的香菱角，只要老爷、太太吃得可口，吃得欢心，那可比三车萝卜、五车茄子都要金贵，所给的散碎银两自然也不少。

盐区的大户人家，要别的没有，就是有钱！只要你有法子

跑鲜 京味图

汪福跑鲜，与一般挑担、摆地摊的菜农不同，他不摆地摊，不开铺子，也不挥汗如雨地挑着青菜萝卜走街串巷。

给那大宅门里的老爷、太太、姨太们找来乐子，赏你个金盆玉碗都不在话下。

汪福呢，正是奔着人家的欢心而来！他把盐区大宅门里的老爷、太太、少爷、大小姐们的口味都摸透了！什么时节，哪家太太、小姐喜爱吃什么，不爱吃什么，他熟记在心中。抢在四时之先，送来瓜果桃梨、鲜菱荷藕。外面还没有的，他篮子里拎来了，老爷、太太正想吃的，掀开他的篮子，有了。而且，那汪福送来的瓜果，个大，好看，没有疤痕，没有虫眼，破皮的、挤筐的、变色的，他一概不往大宅门里送。

这是汪福忠诚的一面，也是他细心的一面。大宅门里的老爷、太太们都是尊贵之人，他们能吃坏果子、烂梨子？真是的！汪福那样做是对的，大宅门里的老爷太太都信赖他。盐区不少深居简出的太太、姨太们，全是看到汪福送来的新鲜瓜果，才想起现在外面是什么季节的。

汪福在盐区几家大宅门里混熟了，爱吃零嘴的阔姨太、大小姐们，看到什么季节来了，就会念叨："该有瓜、有桃、有香白杏了！"过不了几天，那汪福果然就喜滋滋地给你拎来了。

汪福说，他家有九亩山林，五亩菜田，还有一湾长满鲜菱、莲蓬、花下藕的河汊子。一年四季，无论是树上的果，还是田里的菜，样样都给老爷、太太们预备着！

所以，汪福送来的青菜瓜果，都很新鲜的，都是他自家的。即使街面上见到的瓜果汪福尚未送来，过不了两三天，他保准就会送来的。

大盐东吴三才曾跟家里人说："汪福那人很忠厚！"言外之意，汪福送来的青菜瓜果，能收下，尽量收下，别再难为他四处乱跑了。

吴家上下听老爷的话，从来都没难为过汪福。

这一年，临近春节，大东家吴三才在城里听戏时，有人送他几瓶"盐河烧"，吴老爷不太爱喝那种品牌的酒。回盐区的途中，大东家忽然想起汪福来，一时兴起，告诉马夫："去汪福家看看！"

吴老爷没好说，那两瓶"盐河烧"他不想喝，顺道送给他汪福吧，那个矮胖胖的小老头，一年到头往他家送瓜果，也不容易。

不料，这一看，看出漏洞来了。

那汪福，哪里是什么菜农哟？他的能耐大着呐！早已成了当地的土财主。家中新盖了一大片瓦屋房舍不说，还娶着两三房花朵一样的姨太太。他之所以装扮成跑鲜的菜农，混入盐区的大宅门，那是他感化、诱骗大盐商的一条发财之道。

斗羊

斗羊，乡野取乐的把戏。弄到盐区来，却成了有钱人的赌场。吸引着方圆几十里的斗羊手。

每到冬季，大风咆哮，盐硝四起，盐区一片萧瑟。这斗羊的热闹场景，便一个接着一个地拉开了。

那场面，激烈，壮观，有趣，扣人心弦！

宽阔无边的盐碱滩上，一望无际的大海边，临时垒起一处高台，并用松枝、彩绸，搭起一个"龙门架"儿。那便是斗羊场的最佳看台！上面坐着盐区的头面人物，如大盐东吴三才、泰和洋行的大掌柜杨鸿泰以及立春院、得月楼的老鸨杜金花等等。他们都曾为本年度斗羊出过银子。有的，还是某一场斗羊的庄家。

黑压压的人群，围出"看台"前面一片空旷的场地，那可是两羊相斗的角逐场哟。

最先登场亮相的，是一位身穿白绸袍的斗羊手，他在一阵震耳欲聋的锣鼓声中，翻着跟头，闪亮登场，报出本场斗羊的庄家，来自何方，姓甚名谁，并以一枚铜板的反正面，决定哪一方率先"走场"。

走场，就是展示羊的雄姿。

随后，双方或多方开始押赌注，白花花的洋钱，耀眼夺目的珠宝古玩，一一捧到台前。参赌者，或庄家单挑，或有钱人对质"叫板"，将赌注越抬越高越长脸面。

但是，这"走场"的一招一式，你可要看准了、瞧好喽。否则，你所押的赌注，眨眼的工夫，可就落进别人腰包。

接下来，就听斗羊人一声尖锐的哨响，高台两侧同时放开的两只野马似的斗羊，如两只离弦之箭，飞驰电掣般地向中间"对接"而来。

说时迟，那时快，围观者只见羊的四蹄所扬起的盐硝烟尘，如烟似雾，向中间"燃烧"而来。而两股"烟尘"相接的一刹那，只听"咔嚓"一声脆响，四只羊角，或一对羊头，竭尽全力地碰撞在一起。

倘若两只羊的实力悬殊，就这一声碰撞，其中一只羊，或羊角折断，或脑袋开花，当即倒地或调头逃窜。如两者力量不分上下，首次对接之后，羊们会很规矩地各自往后退出一段距离。而后，不约而同地再一次更加凶残地往中间对接，并且是一而再、再而三地进行下去，直至其中一方，头破血流地败下阵来。

场面刺激好看，但参赌者提心吊胆，咬牙切齿，揪心挠心，冒着极大风险！不少参赌者，乘兴而来，败兴而归。有的甚至是被人抱着抬着哭着离去。

这一年，山东沂水，来了一位瘦巴巴的汉子，穿高袍大褂，拎五尺长的竹竿烟袋，牵来一只高头大耳的黑山羊，一走场亮相，就看出不是一般的玩家。连续几场下来，他都拿了头彩，以至连大盐东吴三才所下的赌注，都落进他的腰包。

一时间，盐区的玩家们，个个都输红了眼，他们眼睁睁地看着一个外乡汉子占了上风，感觉丢尽了盐区人的脸面！有人私下里找到吴三才，求他一定要想法子，为盐区人出出这口恶气。

吴老爷在玩的方面向来是高手，斗鸡、遛鸟、耍鹌鹑，样样在行！可这一次斗羊，他却输给了一个外乡汉子，颇感意外。

还好，又一场更加精彩的斗羊开始了。

这可是大东家抓脸面的一场比赛，他为了拿下那个异乡汉子，长长盐区人的斗志，不惜重金，从百里之外云台山上一个老羊倌手中，购来一只野性十足、体大如犊的大山羊，要与那山东汉子的老黑羊决一胜负。

开赛前，大东家押上了重头赌注，并在两羊登场亮相之后，点了舞龙舞狮，魔术杂技，以此烘托场上的气氛。

岂料，没等两场魔术耍完，亮在场地中央等候角逐的那只山东沂水来的大黑羊，突然口吐白沫，摇头晃脑，四肢抽搐，"噢

这一年，山东沂水，来了一位瘦巴巴的汉子，穿高袍大褂，拎五尺长的竹竿烟袋，牵来一只高头大耳的黑山羊，一走场亮相，就看出不是一般的玩家。

噢”怪叫几声，轰然倒地。

众人不知何故，唯有大东家吴三才和那个山东汉子心知肚明。那只大黑羊，赛前吃了鸦片浸泡过的豆子，相当于当今体育比赛中禁止使用的"兴奋剂"。这阵子，那大黑羊的毒瘾犯了。

此前，它每回上场，都服过"鸦片豆"。所以，每场，都劲头十足，势不可挡。可今天，大东家吴三才给他来个"舞龙耍狮子"，一家伙把时间拉长，大黑羊当场献丑。

事后，有人提起那山东汉子输光了身上的长袍败在大东家手下时，大东家不屑一顾地笑笑，说："就他那点脓水，也来盐区闯荡，一边凉快去吧！"

锔匠

盐河口日趋繁荣之后，云集来三教九流的人物，能在此地混饭吃的主儿，个个都是硬汉子！全凭着拿人的手艺和过硬的本领。谁有能耐，谁就是爷，打人前一站，脑门亮堂，说话响亮。如吹糖人、玩大顶、耍花枪、修铁壶、锔大缸的手艺人，讲的是手上的功夫，吃的是手上的绝活。玩得好，耍得开，显能耐！码头上人给你喝彩、鼓掌，称你师傅，叫你掌柜的，喊你爷，请你下馆子，吃"八大碗"。玩不好，掀了你的摊子，逼你下跪喊祖宗，让你灰溜溜地卷着铺盖走人，永远也别想再来盐区混事儿。

这就叫闯码头，有本事的，来吧！

今日说的这位，是盐河口锔盆锔锅的匠人——宋侉子。

南蛮北侉子，一听这称呼，你就猜到：那宋侉子，不是原汁原味的盐区人。山东日照胶州湾那一带过来混穷的一对师徒，师傅自然姓宋，大名没人知道。倒是他那小徒弟刘全的名字好记，很快叫响了。

师徒两人打盐河上游划着小船来到盐区，选在码头上繁华的地段儿挂起招牌，专做镏缸、箍盆、砸铁壶的买卖。看似小本生意，玩的可是手艺活，任你拿来什么样的破锅、旧盆，或是滚珠、玉坠、金钗、银镯等细巧的活儿，师徒两人一上手，几个铜箍、银扒子打上去，好锅、好缸、好物件儿一样，让你喜滋滋地拿回去，再用坏了，决不会是他们下过扒子，打过箍子的老地方，一准是你当作好锅、好盆一样跌打，又出了新毛病。

手艺人吃的是手艺饭，本领全在手上。用坏了的锅、盆、碗、壶，到了他们手上，转眼能变成新的一样，可你拿回去，用不了多久，你还要来找他们。

比如，镏好的锅盆没用两天，又跌出毛病，看似主家使用不当，可真正的病根，还在他们手艺人的手上。破锅上，一道裂缝下来，给你横着下几道扒子，偏不在裂缝的顶尖处下细工夫。当时看，锅是镏好了，滴水不漏，好锅一样，当你拿回去当好锅一样使用时，稍不留意，碰着了，跌打了，其裂缝继续向前延伸，又坏了！你能怪人家没给你修好吗？不能。行内话讲，这叫拿手活，其中的窍门，行内人不说，行外人不懂。这也是手艺人的能耐。

宋侉子领着他的徒弟刘全，在盐河码头上专事这补锅、箍缸的生意，却出了大名。宋侉子，五十多岁一个小老头，两手粗糙得如同一对永远也合不拢的枯树根儿，可做起活来却十分

锅匠 爱国

手艺人吃的是手艺饭，本领全在手上。用坏了的锅、盆、碗、壶，到了他们手上，转眼能变成新的一样，可你拿回去，用不了多久，你还要来找他们。

精巧，蒜头大的鸟罐上，他能开槽下箍子，也能钻出蜈蚣一样的细小的条纹，豆粒大的珠宝中，他能打出针尖一样细小的眼儿，也能给镶上活灵活现的金枝玉叶。

这一天，大盐东吴三才的大太太派人来请宋侉子，说是有一件细巧的活，要当面说给宋侉子。

宋侉子打发刘全去把活儿接过来。

刘全呢，去了，很快又回来，告诉师傅说："师傅，非你去不行。"

宋侉子一听，遇上大买卖了，搁下手头的活，喜滋滋地去了。回头来，同样跟刘全一样，两手空空的耷拉着脑袋回来了。怎么的？那活，宋侉子也接不了。

大太太把吴老爷一把拳头大的紫砂壶跌了三半，想完好如初，不让老爷看出丝毫的破绽来。那把壶是老爷的爱物，里面的茶山，已长成了云团状。按大太太的说法，要箍好那把壶，外面不许打扒子，里面还不能破坏了茶山。这活，宋侉子没能耐接。

大太太不高兴喽！当晚，派管家登门，一手托着那把破茶壶，一手拎着一大包"哗啦啦"响的钢洋，身后跟着几个横眉冷眼的家丁。那架势无须多言，这壶，你宋侉子用功夫修吧。至于洋钱嘛，要多少给你多少。倘若修不好这把壶，身后这几位家丁可是饶不了你！

当夜，师徒两人，谁也没有合眼。

第二天，宋侉子正想卷了铺盖一走了之，可他那小徒弟刘全，却不声不响地想出招数来，他和好一团不软不硬的海泥，给那把长满茶山的壶做了个内胆。而后，内胆上挖槽，壶的内壁打眼，熬出银汁，自"内槽"中浇灌，等银汁冷却，固定住壶的原样后，再一点一点掏出壶内的泥胆，完好如初地修好了那把壶。

宋侉子一看，徒弟这能耐，可以在码头上混事了。相比而言，他这做师傅的反倒矮了徒弟半截儿。

隔日，宋侉子找了个理由，说是回趟山东老家看看。这一去，宋侉子就再也没回盐区来。但盐区宋侉子开的那家锔匠铺儿仍旧开着。只是主人不再姓宋，而是姓刘。

至今，盐区的宋家锔匠铺，仍旧是刘姓人开着。

不信，你来看看！

大厨

　　盐区，大户人家的厨子，也分三六九等。上等的厨子，肩不担水，手不沾面，甚至油盐酱醋都无须去碰一下，照样吃香的、喝辣的，受伙计们推崇，东家敬重。刚入道的小厨子，就稀松可怜了！他们要在大厨、二厨们的眼皮底下，规规矩矩地打三年的"下手"，担水，劈柴，洗菜，拾煤饼子，帮大厨子们提靴子、递毛巾、捧烟袋以及掏耳朵、挠脚癣的活儿，样样都要抢着干才行，何时能熬到站在锅边煮粥，蒸馒头，那就有了盼头了！没准某一天的一锅小米粥熬得稠、煮得香，或是哪一笼屉馒头蒸得又白又软又有咬头，让东家的老爷、太太、大小姐们吃得可口了，一句话把你要到身边去，专供其做小灶，你的地位立马就不一样了。

　　刘贵，泰和洋行大掌柜杨鸿泰家的大厨子，一个白白胖胖的小老头，看似貌不惊人，可他凭着一手祖传的煮鸡蛋的绝活，一步一步攀升到大厨的位置上，一坐就是几十年，深得杨家几代人的喜欢。

每天清晨，杨家厨房里大锅熬粥、小锅滚汤，伙计们一派忙碌的时候，大厨刘贵会准时来到厨房。但此时的大厨刘贵，并不是去炒菜做饭，早晨的大锅饭，用不着他大厨上手。他单手握一把"咕嘟嘟"响的水烟袋，一身休闲的素装打扮，如同无事人一样，锅前锅后地瞧瞧看看，就算是给伙计们鼓舞了。偶尔发现地上有滚落的豆子，或是水池里有漏了的几片青菜叶儿，他会不声不响地弯腰拣出来，无须去责备哪个，伙计们见了，自然也就脸红了。因为，东家把厨房里的事情交给他打理，他刘贵就相当于杨家的主人一样，做伙计的哪个见了他不敬畏三分呢。随后，等刘贵在旁边的耳房里坐下，小伙计们就会把一壶早就准备好的热茶给他捧上。

那时间，耳房里的炉火已被小伙计们燃旺，旁边有一只狗头样大小的小铜锅，擦洗得明光锃亮。刘贵就是用那把小铜锅来煮鸡蛋，而且是一边喝茶，一边添着木炭、仔细地观察着炉火，极有耐心地为东家煮着一锅"咕嘟嘟"直翻热浪的鸡蛋。其间，若是炉火过大、过旺，他就在旁边的小瓷盆里拣几块鹅卵石，把火苗压下去；过一阵子，火苗弱了，再把石块拣出来，添几块木炭，目的是让小铜锅里的水反复沸腾着。据说，那样煮出来的鸡蛋，既筋道，又香，又有嚼头。

回头，老爷房里派丫鬟来取鸡蛋时，刘贵还要用一条羊肚白的毛巾，先裹上几块尚存余温的石块，与那刚出锅的热鸡蛋一起包了去，以维持鸡蛋的温度和香味。整个煮鸡蛋、包鸡蛋的过程，刘贵从不让别人上手，甚至不让外人知道他购鸡蛋、煮鸡蛋的诀窍。天长日久，伙计们自然要嫉妒他！

一天，有个小伙计在二厨子的怂恿下，通过老爷房里的一个小丫鬟，在杨老爷杨鸿泰面前"咬耳朵"，说大厨子刘贵是个贼，还有鼻子有眼地说，大厨子无日不偷、无时不偷、无物不偷，每晚回家时，必包一兜子东西拎上。

杨老爷一听，有些吃惊！在杨老爷看来，刘贵是个极其忠厚的人。他家里几代人都在他们杨家做事。他怎么能背叛主子呢？扪心自问，他刘家吃的、用的，包括盐河口那片青砖灰的小套院，哪一样不是老爷赏给他的？可以说，他们刘家的根，早就扎在他们杨府里了。杨老爷不肯相信丫鬟的谗言，但人世间的事情，不怕你不信，就怕你在心里留下抹不去的烙印。杨老爷自从听了丫鬟的"学舌"，他还真的留意起大厨子刘贵来。

一日晚间。杨家厨房里就要关灯上锁的时候，杨老爷带着小姨太到前面大厅，摆一张小方桌，搬两把椅子，借门厅的灯光，看似在下棋，实则是想堵住大厨，看个虚实。

可巧，那天晚上，大厨的手中，果真拎了一包鼓囊囊的东西，路过门厅时，杨老爷打老远就看到了，可等刘贵走到跟前时，杨老爷没有抬头，他似乎是很入神的样子，跟小姨太对垒着。刘贵也没有慌张，只是把左手的东西，换到右手去，强装着笑脸，跟老爷、小姨太打着招呼，说："这么晚了，老爷、太太

整个煮鸡蛋、包鸡蛋的过程，刘贵从不让别人上手，甚至不让外人知道他购鸡蛋、煮鸡蛋的诀窍。

还没歇着？"

杨老爷没有搭理他。小姨太倒是回过脸来，瞥了刘贵一眼，但小姨太很快也把目光转到棋盘上了。刘贵就那么无事人一样，面带着谦和的笑容，从杨老爷身边过去了。可就在刘贵要迈出大门时，忽听杨老爷背后问他一句："刘贵，老家来客了？"

刘贵猛一愣怔，一步门里、一步门外地回老爷话，说："没，没！"

在杨老爷看来，你刘贵的家人们都在他杨府里做事，一天三顿饭，他家里都不用开火，你还用得着晚上再偷点什么回去吗？刘贵被杨老爷那样一问，当然听出杨老爷话中有话，当即停下来，不敢再往外走了。没想到，杨老爷却不想让他当场出丑，扬一下手中正捏着的一粒棋子，看都没看刘贵一眼，说："去吧，你去吧！"

刘贵没再说什么，就那么默默地退下了。

第二天清晨，大厨刘贵破例给杨老爷亲自送来煮鸡蛋，并邀请杨老爷务必到他的寒舍去，看一下他喂养的几只母鸡。

当杨老爷得知他每天清晨所吃的热鸡蛋，是大厨刘贵煞费苦心地挑选着带虫口的大枣、百果、人参、山核桃以及青蚂蚱来做鸡饲料时，杨老爷大笔一挥，批给刘贵——为杨府提供鸡蛋的每只母鸡，每天以一两白银的价格去配饲料。

后人传说，杨鸿泰家的这种供养母鸡生蛋的代价，一直持续到他们杨家清末家道败落时。

船

贼

船贼，特指在船上做贼。

但船贼并非是遭世人唾弃的"三只手"。船贼不翻墙入院，不溜门撬锁，不做割人钱包、掏人口袋的伤天害理事。船贼，只在船上特定的环境下，做些羞于见人的勾当而已，算不上真正的贼。其作案方式也很特别：贼吃，贼喝，贼拿。

贼吃贼喝，很好理解，也很值得同情。盐河码头上，但凡上船的渔夫，都是给东家卖苦力的穷汉子。他们为养家糊口，拿自己的小命去"打水漂"儿，随东家的一艘陈年旧船，漂到海上去捕鱼捉虾，没准一个狂风黑浪扑来，就船毁人亡，葬身鱼腹了，吃点喝点，又算得了什么？

所以，那些船工汉子们，一脚从陆地踏上甲板，就等于把自己的性命交给龙王爷了，是死是活，听天由命。他们活一天算一天，但在海上捕获到鲜鱼活虾，可得敞开胃口吃个肚儿圆。要不，死后还是饿死鬼，太亏了！又因为船主大都贪生怕死不跟在船上，船夫们在船上所吃的鲜鱼活虾，岸上人拿金钱都难以买到。比如海洋大对虾，有钱人家的大小姐、阔太太，还需按人头，数着个儿吃。可在海上船夫看来，如同吃大盆里的胡萝卜一般，尽管放开肚皮吃个够。而且吃过了，嘴巴一抹，还不认账了。这算是典型的贼吃贼喝！

贼拿，就不那么地道了。那可是专门跟船主或货主过不去。船上装载什么，他们就"拿"什么，其实就是偷。但他们偷得巧妙，偷得在理，偷得天衣无缝，让你东家瞪大眼睛，也查不出破绽来。比如，船上装载着一个一个圆溜溜的酒坛子，他们竟敢把坛子里的酒倒出来喝掉，或是把坛中之酒，分装到别的器物里，然后，将空坛子故意打碎，待船只抵达目的后，谎说海上遇到风浪，坛子撞破了，谁又能奈何了他们？再者，船上装载着煤炭、白糖、大豆，哪怕是驴屎马粪，他们都有偷窃的办法，最简单的就是将煤炭、白糖在海上出售一部分给兄弟船只后，再补充进相应的海水，让东家无处查赃。总之，一艘船，航行在茫茫的大海中，就是一个小小的天地，船上的船夫们有足够的时间来琢磨监守自盗的招数。

盐区，精明的船东，大都重金收买船上的老大，让其约束船上弟兄们衷心为船主效力。一般船家选用船老大时，都要选自己的亲信。如大盐东吴三才选用船老大，全是他自家的亲信。其中，一艘跑南洋的大货船上的当家人，还是他近门的一位老表，大名何老三。

船贼 丰子恺画

次日，发往南洋的那批圆木，过了数目，并在每一根圆木两端加了印章。大东家倒要看看那何老三怎样雁过拔毛。

当时，盐区跑南洋的航道属于海上黄金通道，大东家的货船来回运载货物，可谓日进斗金。但每逢盘账时，并没有像大东家想象的那样财源滚滚。这其间，大东家怀疑管家与何老三串通一气来糊弄他。于是，大东家选在一个适当的时候，如同说着玩一样，点给管家，说："南洋船，来回运载，看似挺红火，赚头不是太大嘛！"

管家心里"咯噔"一下子，心想，老东家对他那样说话，是对他不信任。于是，管家为洗清自己，私下里买通了南洋船上一个小伙计，这才知道祸端竟出在大东家那个老表身上。

当下，管家把这事说给大东家，大东家觉得不大可能。那何老三，平时吃的用的，样样都随他的心愿，他还会背着东家做些偷鸡摸狗的事？话再说回来，他还是大东家的老表哩，他能干那种偷鸡摸狗的事？但管家打听来的消息是千真万确的！那何老三已经到了偷窃成瘾的地步，每次出海，必偷无疑。不偷，他就手痒；不偷，他心里就不舒坦。凡是经过他的南洋船运载的货物，一概雁过拔毛！

大东家听了，颇为震惊，问管家："是吗？"

管家说："半点不假！"

大东家说："那好，明日正巧有一批圆木，要运往南洋，咱们一起去看个新鲜。"

大东家说的"看个新鲜"，是想验证一下南洋船上的漏洞，到底出在他管家的账务上，还是出在那个被他称为老表的何老三身上。

次日，发往南洋的那批圆木，过了数目，并在每一根圆木两端加了印章。大东家倒要看看那何老三怎样雁过拔毛。

可好，半月后，货船抵达南洋港时，大东家领着管家以犒劳船上弟兄为由，带些鸡鸭肉蛋，从陆地也赶往南洋港码头。

卸船时，管家临时在码头上为大东家搭了个凉棚，大东家端坐在太师椅里看似在喝茶，看风景，实则是在过目船上抬下的圆木，并派人一一查看圆木两头的印章。其结果是，圆木，一根没少；印章，每根圆木两头都有。这与管家所说的"雁过拔毛"大不相宜了。

当下，大东家虽没有说啥，管家却难堪了。

但次日一大早，有人传过话来，说何老三在船上所偷的圆木，已经摆到南洋码头的木器行当菜墩子在出售。

大东家不信。因为，船上卸下的圆木，两端都有印章封口，根数又不少。那何老三如何窃之？

然而，当管家把大东家领到南洋木器行一看，顿时愣在那儿了——"菜墩"上，竟然个个都有印章为证。

原来，何老三在船上领着弟兄们行窃时，先用烈酒喷洒在圆木封头的印章上。之后，让弟兄们扒去外衣，把圆木上的印章印在光肚皮上，待锯下一段圆木后，再把肚皮上的印章盖在圆木的新端。依次，把船上所有的圆木，都锯了个遍儿。

吃

客

　　远离海岸三十里，有一处水雾缭绕的孤岛。名曰：太阳山。
顾名思义，太阳升起的地方。实则是海盗、土匪、贼寇隐居的
狼窝！四面黑风白浪环抱，悬崖峭壁林立，周边暗礁怪石，击
浪滔天。来往船只稍有不慎触礁，即刻船毁人亡。

　　土匪钱三爷领着一伙亡命徒，盘据此山，打劫来往船只。
其理由，说来正大光明——南来北往东去西靠的商船、渔船、
花船、小帆板船，等等，要想打此处水面通过，钱三爷的小火
轮，忽而迎上来，假模假式地给你导航，确保你的船只，顺利
地绕过暗礁，通过那片事故多发水域。

　　这原本是件好事，可这事情弄到钱三爷手上，变成了明目
张胆地卡、拿、抢要、夺！怎么说，他帮你导航了，给点报酬
吧？给多少？给少了，显然不行。给多了，船家又不情愿。可
不情愿也得给。遇上土匪海盗了，该你倒霉，船上有什么吃的
用的玩的值钱的物件儿，一样一样拿出来让大爷们挑吧。否则，

拳脚相加，那是便宜你了，谁敢顶嘴，或抬手反抗，立马把你推下大海喂鲨鱼。明白吗？这叫海盗土匪，没什么道理可讲。

就这样，钱三爷仍不满足，他时刻掂量着盐区那些富得流油的大盐商们。隔三岔五，总要派几个弟兄到盐区去骚扰一番，不是指名道姓、明码标价地要吃要喝，就是暗中绑票打劫，抢粮、抢盐、抢银子、抢人。

钱三爷抢人，一是抢年轻漂亮的女人，再就是抢大户人家娇宠的公子哥们。前者抢去就不放回来了，等岛上派人给她的家人送来"红包"，那一准是做了钱三爷的某一任压寨夫人；后者，虽说能放回来，那是要拿重金赎的。

钱三爷做事满仗义的。抢上太阳山的女子，事先大都与她本人通过气。起码是有人在那女子的耳边，不止一次地说过钱三爷个头多么高大，身板是多么的硬朗，对女人又是多么疼爱，直至说得那些风情女人的心里犯痒痒。所以，凡是被钱三爷抢上太阳山的女人，都有心理准备，都不讨厌钱三爷。好些深藏在闺中的大小姐，或是被冷落的小姨太们，私下里，还盼着钱三爷来抢哩。

钱三爷抢得更多的，还是盐区大户人家的公子哥、阔少爷们。这非同抢个漂亮女人，弄到山上，看她哭，哄她笑，挺麻烦的，抢到公子哥、阔少爷们才是玩钱的真家伙！

这样说吧，钱三爷每抢到一个富家的公子哥，如同渔家人好几年的好收成，成筐成箱的金元宝、现大洋以及五彩缤纷的苏丝杭绸，全都要乖乖地给他送到太阳山来。美不？

问题是，那些有钱人家的公子哥、阔少爷们很难抢到。盐区，但凡是有钱人家，无不垒起高门大院，且戒备森严，昼夜都有家丁巡逻，暗中还有"毛狗"等你跳墙入院。

区盐人说的"毛狗"，是指火炮和枪支。

在盐区，大户人家的小姐、姨太们都会玩那种磕头"盒子"。钱三爷的队伍中也有那些洋玩意。但是，真刀实枪地干起来，钱三爷还是惹不起那些商贾大户们，他的武器没有盐区大户人家的先进。所以，钱三爷一伙，只能靠暗中绑票打劫，给你来个防不胜防。一旦他钱三爷把你的家人绑架到他的太阳山，那就由他摆布了！一句话，拿银子来赎人吧。太阳山上易守难攻，上下靠一只吊篮滑行，外来人想登上此山，比登天还难。

钱三爷有言在先，某天某日，限你带多少布匹、多少现大洋，划船到太阳山下的一处避风港，由一只上下滑行的吊篮，逼你一篮交货，一篮赎人。

但有一条，钱三爷所索要的财物，不能打折扣。否则，心狠手辣的钱三爷，宁可当着你的面儿毁票——将人质推至大海喂鲨鱼，也不让你玷污他说一不二的海盗名声。

钱三爷绑票，量力而行！他所开出的赎金，尽量让对方能接受。如果抓到的是一个小财主，也就是三五百两银子了事。可遇上大盐商，他可就狮子大开口了，没有个千儿八百的银子，他是不会与你了结的。所以，钱三爷做梦都想绑架盐区的"盐

钱三爷不动声色地思忖了半天，猛揪过那白胖子的衣领，瞪圆了两眼，问：『你是沈万吉家的什么人？』

那白胖子战战兢兢地回话：『厨子。』

大头"们。他曾不惜重金，买通盐区的探子，以此，来摸清大盐东家人的行踪。

一年正月，大盐商沈万吉过七十大寿，家中请来淮海戏班子，昼夜不停地唱大戏。钱三爷得知这个消息，派人化妆成码头上扛大包的盐工汉子，混入沈府看戏的人群中。夜晚，戏至中场，上面戏楼里下来一个白胖胖的年轻人去茅房，匪徒们一看此人不凡，盯梢至黑暗处，捂上嘴巴，装进麻袋，翻墙而逃。

当夜，匪徒们劫票到太阳山。

钱三爷一看，抓来一个白胖子，大喜！心想：有戏。一面叮嘱弟兄们给他蒙上眼睛，关进地窖，不让他知道山上的暗道机关；一面派人给沈万吉家送去赎金三千大洋的书信。

原认为沈万吉丢了儿孙，心如刀绞！见到书信，立马就会带钱带物来赎人。没料到，两天过去，仍不见沈家的船只来太阳山。这时，被关在地窖里的白胖子，早已饿得"嗷嗷"惨叫！钱三爷让弟兄们把他从地窖里拖出来，赏些小鱼烂虾给他吃。

不料，这一吃，可让钱三爷看出了学问。

那白胖子吃小鱼时，显出天大的能耐！只见他左边嘴角进鱼头，右边嘴角出鱼刺。而且，不停地进小鱼，不停地出刺，始终不见他嘴动、舌挑、牙齿嚼，只见吐出的鱼刺，一根不断，一丝不乱，鱼头的骨架、眼珠子还活脱脱地挂在上面，一条条鲜亮亮的两面针鱼刺儿，如同一把把银梳子、金篦子，循序渐进地被他吐到桌角上。一家伙把在场的匪徒们看傻了！

钱三爷不动声色地思忖了半天，猛揪过那白胖子的衣领，瞪圆了两眼，问："你是沈万吉家的什么人？"

那白胖子战战兢兢地回话："厨子。"

钱三爷心中轻"噢"了一声，暗自骂道："奶奶个熊，敢情抓来一个厨师，难怪沈府里不痛不痒呢！"转而又想，也罢，既然他会做饭，那就留下来，伺候老子吧。

岂不知，等钱三爷把那个白胖子送进厨房，让他动刀剖鱼、炒肉、做馒头时，那家伙装疯卖傻，赁说他啥都不会。钱三爷急了，上来"叭叭叭"掴了他几个耳光，厉声呵斥道："奶奶个熊，沈老太爷你能伺候，我钱三爷你就不能伺候？"说话间，钱三爷掏出"盒子"，要干掉那个白胖子。

白胖子见状，"扑通"跪下，磕头如捣蒜，苦苦哀求，说沈府里的厨子，上上下下几十个，剖鱼的、剁肉的、捣蒜的、拣米的、和面的，各负其责。而他，仅仅是个吃客。

那白胖子没好说，他是沈府餐桌上一个马前卒——专职冒死试吃河豚的主儿。

赛花灯

盐区富人多，摆阔的人也多，且多得没边。

各家门前的石狮子、石鼓、上马台，一对比一对做得精细、精巧、耐看，一个比一个威武雄壮、耀眼！临街的吊脚楼、观景亭、望风阁，一家赛一家精巧细致，雕梁画栋，且专门为路人搭起遮风挡雨的回廊。赶上大灾之年闹春荒，盐区数得着的沈、杨、吴、谢四大家，拉开场子开粥锅，支粥场，一家比一家的粥香、粥稠，有嚼头，而且是两三个月里较起真来不倒号。这只是显阔，还不算摆阔。谢家老太爷过八十大寿时，专程从徐州、淮阴、沭阳、山东日照府请来八台大戏，同开锣鼓、同唱一曲。一时间，谢家的屋里屋外、院内院外以及来盐区探亲、经商的，人人都能听到、看到为谢老太爷祝寿的大戏，阔不阔？再说一件，更是阔得没边了，那就是下面这件赛花灯——

大清朝就要垮台的那年春节，盐区沈老太爷沈万吉在京城里做官的大儿子沈达霖，借乱世之机，回盐区老家过年。这原本是个"树倒猢狲散"的不良征兆。你想，他沈达霖，堂堂大清国的京官，这大过年的，不留在京城给皇上、老佛爷拜大年，早早地跑到盐区来，这算哪码子事？可沈家的老太爷拾个棒槌当针用。怎么说，儿子是京官，能回到盐区来过年，就是给老爷子长脸了！尤其是儿子那一身官服，耀武扬威！沿途，过州，州接，经县，县迎。一直到盐区的家门口，还有衙役们鸣锣开道，了得！

沈家老太爷，大约在半月前得知大儿子要赶在年关，携一房东洋小姨太回盐区过年。家中原本该杀六头年猪的，一家伙放倒了十几头，本该做的年糕、馒头以及鸡鸭鱼肉"狮子头"之类，全都翻了倍数，就连打牙祭的花生、大枣、山核桃、芝麻糖、海瓜子儿，也都重新加了份子。

儿子刚回到盐区的那几天，沈老太爷为摆阔、显脸，连日大摆宴席，宴请州府官员时，还特意把盐区的一些头面人物请来作陪，如大盐东吴三才、泰和洋行的大掌柜杨鸿泰以及盐区主持盐政的地方官们。其间，沈老太爷说了很多得意扬扬的话，让在场的人听了，都感到很不是滋味。尤其是大盐东吴三才，三分淮盐，有他其二，他的眼里能有谁呢？沈家那样的京官，他见得多了。

可沈万吉就觉得儿子那身顶戴花翎，没处搁了，尤其是儿子身边还伴着个如花似玉的东洋小女人，更让老爷子得意开了。正月十五闹花灯时，沈万吉为显示他的富有，一家伙统揽了盐区的所有的烟花爆竹店。

沈万吉要让他的东洋小儿媳看看，盐区人是怎么庆贺新年的；他要给盐区人开开眼，看看他沈万吉在儿子回来过春节的这年正月十五，他是怎样摆排场，怎样折腾出闹花灯的壮观场面的。

首先，沈万吉把盐区的所有烟花爆竹包揽了，盐区的百姓们，想买鞭炮，买不到了，等着正月十五的晚上，看沈万吉家燃放礼花吧。再者，十里八乡的舞龙舞狮队，提前三天，全被沈家请去了。别人家，有钱你也请不到了。怎么样，这谱儿摆得够味吧。就连吴三才那样的大盐东，照样叫他没有花灯玩。

好在沈万吉沈老太爷，不敢小瞧大盐东吴三才那样的主儿，提前给吴三才送去帖子，邀请他携家眷，赶在正月十五明月当空时，到他们沈家大院里观花灯、赏礼炮，看舞龙舞狮，共度良宵佳节。

吴三才接了那"帖子"，眼皮都没抬一抬，他觉得沈万吉那个老东西在变着法儿愚弄他。那"帖子"，看似给足了他吴三才的面子，人家办灯会、放礼花、搞舞龙舞狮，请到他大东家，够赏光的，够给他脸面的。可仔细一琢磨，他吴三才，堂堂的大盐东，家中上上下下，上百号人，赶在这大过节的，都跑到他沈万吉家去看灯赏花？为人家凑热闹，这算什么事！

吴三才琢磨来，琢磨去，沈万吉那个老东西不地道。他做官的狗屁儿子一回来，他立马长了能耐不成？想摆阔，显富有

赛花灯 晏国政 京生

他要给盐区人开开眼，看看他沈万吉在儿子回来过春节的这年正月十五，他是怎样摆排场，怎样折腾出闹花灯的壮观场面的。

不是？老实说吧，他吴三才在盐区这块地盘上，向来还没输给哪个。他沈万吉想摆阔，想撒野？盐区没处搁了不是？也不撒泡尿照照，那大清国的香火，还有几天烧头。他那狗屁儿子，眼瞅着成了秋后的蚂蚱，还蹦跶个什么劲儿！

想到此，吴三才扔了那"帖子"，吩咐管家，套马赶车，南下北上，专拣重量级的烟花爆竹给我买，他倒要看看那沈万吉，到底有多少脓水，敢在他吴三才面前耍横摆阔。

出乎意料的是，前去购买烟花爆竹的伙计回来禀报，说周边城镇重量级的烟花爆竹，全都被盐区沈家买去了。也就是说，沈万吉早就防着他吴三才跟他比高低了。

此刻的吴三才，再想派人到更远处去买，已经没有时间了，元宵佳节已近在眼前。无奈何，吴三才只好拣起沈万吉的"帖子"，到沈家去凑热闹了。

可巧，正月十五夜，也就是沈家大院燃放烟花爆竹的时候，盐河口吴三才家的草料场以及盐河大堤上盐工们搭起的几十家"地笼"茅屋，突然间变成了一片火海！

沈万吉担心是他们沈家大院里燃放爆竹引起的，立刻停下闹花灯的热闹场面，前往火场救火。

盐区的老百姓，闻火而动，全都提着水桶、端着脸盆，赶往火场，民间组织的"水龙"捕火队，也纷纷推着水车，抬着"水龙"赶来。

然而，当一拨一拨的人群涌来，要去扑灭大火时，竟然发现所有的道口，全被临时封死了。怎么的？前面的火海是无人区。所谓的大火，是大盐东吴三才放着玩的。

火光冲天的时候，大盐东吴三才在人群中看到沈万吉带着儿孙们也赶来救火，拱手嘲讽道："老伙计，我这可是真家伙，比你那烟花爆竹好看多啦！"

沈万吉哑然，一时间，牙根咬得咯咯地响。

赌城

　　盐区，大户人家娶妾纳小，不为新奇。男人嘛，有钱就该花在女人身上。问题是，泰和洋行的大掌柜杨鸿泰，五十有几的人啦，又要娶个芳龄二八的黄花大姑娘，多少有些离谱。

　　起初，杨老爷纯属于找乐子、寻开心，从一个湖州客商手中，弄来位小鸟依人的扬州美女伴在身边。那女子受过专门教育，琴棋书画无不精通，而且温柔美丽，风情万种。杨老爷当然喜欢！可没过多久，那女子提出请求，要跟杨老爷讨个名分。

　　这下，杨老爷有所为难了。

　　当时，杨家的三少爷都已经娶妻生子。也就是说，杨老爷已经是做爷爷的人了，再领个洋学生似的小闺女进门来做小姨太，别说大太太不答应，就是儿女们这一关，只怕也很难通过。可那个哭如歌吟一般的扬州小女子，香泪泡软了杨老爷那把老骨头。促使杨老爷横下一条心——收她为妾。

　　杨老爷的这个决策，不亚于晴天一声霹雳！儿女们公然站出来反对，大太太在劝说无望之后，一改往日的顺从、贤良，要投河，要上吊，要死给老爷看。后院里，两三房风韵尚在的姨太太们，也都指着杨老爷的脊梁骨，骂他老不正经："黄土都埋到脖子了，又在外面惹臊！"

杨老爷一看，不好硬来。一面哄着那小女子不要着急，答应她，早晚一定会给她个名分。一面劝说大太太，让她把持好家务，管好内眷，不要干涉他在外面的事。

大太太还算开明，她跟老爷摊牌，说："你在外面怎么臊都行，就是不能把那小蹄子带到家中来。"

有了这句话，杨老爷来了主意，盐区东去五里许，白茫茫的盐田里，有一栋气势宏伟的白洋楼。那是杨家守望盐田的哨所驿站。同时，也是杨老爷到海边登高观潮、赏月的境地。用当今的话说，那叫别墅，亭台楼阁，前后院落，一应俱全，美着呐！

杨老爷指定，把洞房选在那里。

谁能说它不是杨家的府邸？周围大片海滩，全是他杨家的盐田。可它，确实又不是杨家的深宅大院，孤单单的一栋白洋楼，矗立在一片白茫茫的盐碱地里，四野一片空旷。

杨老爷挽着那娇柔似水的小女子，披红戴花，张灯结彩，欢天喜地住进去了。大太太那边，深知杨老爷拿定主意的事，十头骡子、八匹马都拉不回头。干脆，眼不见，心不烦，随他去吧。

由此，杨老爷家外有家，两全其美。

可没过多久，那小女子又不高兴了，她觉得白洋楼里太冷清，尤其是白天，杨老爷外出以后，把她一个人关在那空洞洞的白洋楼里，如同笼中的小鸟儿一样，苦闷，无聊，度日如年。

杨老爷略有所悟。改日，再出门时，尽量把她带上，并有意识地带她去戏院、酒楼、茶馆等热闹场所，让她寻开心。每隔三五天，还带她去县城里溜达溜达。县城里人气旺，热闹。沿街耍猴的、玩大顶的、捏糖人的、玩杂耍的，应有尽有。有时，杨老爷去县衙里玩牌，也把她带上。尽管如此，那个在扬州城里见过灯红酒绿的小女子，还是觉得白洋楼里过于冷清，时不时地便香泪沾襟。这让杨老爷很揪心！

一天晚上，杨老爷又去县衙里玩牌，玩到最后，杨老爷猛不丁地把白洋楼的房契掏出来——他要跟县太爷玩一把大赌注。

那一任县太爷，是个贪得无厌的家伙，他约杨老爷去玩牌，就是想敲杨老爷的银子。杨老爷心知肚明。所以，杨老爷每次去县衙里玩牌，总要多带些银票，随那狗官折腾吧。不把那狗东西哄好了，泰和洋行的生意也做不顺当。但这一回，县太爷没料到杨老爷跟他玩起了大赌注。

县太爷问他："你想赌什么？"

杨老爷淡淡地一笑，说："赌官！"

杨老爷说："我这一辈子，世上好吃的、好玩的，我尝得

杨老爷说：『我这一辈子，世上好吃的、好玩的，我尝得差不多了，就是不知道做官是个什么滋味，我想过一把官瘾。哪怕就做一天，也行。』

差不多了，就是不知道做官是个什么滋味，我想过一把官瘾。哪怕就做一天，也行。"

县太爷知道杨老爷那是玩笑话，但他笑容僵在脸上，告诫杨老爷："牌桌无戏言！"

杨老爷拍着胸脯，说："无戏言！"

就在双方亮牌的一刹那，杨老爷陡然捂住牌局，他提醒县太爷说："我不能因为一栋宅院，坏了大人一世的英名。这样吧，我那栋白洋楼，赌给你做县衙门公用如何？"

县太爷犹豫一下，似乎意识到那样一栋豪华的宅院，倘若真是落到他个人的名下，一旦被官府追查下来，势必要背上一个贪官的骂名。于是，他爽快地答应了杨老爷："好，就按你说的办，赌给我做县衙门用。"

然而，双方亮牌以后，没等杨老爷看清桌上的牌局，身边那女子缠绵的哭泣声，证实杨老爷的白洋楼没了。

那一刻，杨老爷笑容僵在脸上，可他还是很仗义地把房契推给对方。

当晚，往回走的途中，杨老爷话少。那女子却"吱嘤嘤"地哭了，她问杨老爷："你把我们的白洋楼都输掉了，往后，你让我到哪里去？"

杨老爷不语。

那女子哭泣不止。

末了，杨老爷猛不丁地冒出一句："你不是想热闹吗？"

那女子不解其意，仍旧"吱嘤嘤"地哭。

杨老爷说："女人家，真是头发长，见识短。我马上在白洋楼旁边再给你建一栋红洋楼！"说完，杨老爷不搭理她了，歪在马车上，迷迷糊糊地睡了。

时隔不久，也就是杨老爷建起红洋楼，盐都县衙搬进白洋楼以后，打通了白洋楼到盐区的主干道。之后，盐务所、育政所、税政所等等，相继搬迁过去，周边的地价迅速攀升！杨老爷坐享其成的同时，眼看着一座新城，蓬勃兴起。

汪家父子

　　船坞出巧匠，指的是造船的作坊里，藏有木匠行里的能人高手。

　　早年，盐河里的船只，一色的木帆船。船坞里造船的木工们，大都十二三岁时，被父母领着来学徒，直至两鬓斑白、牙齿脱落了，手中还离不开养家糊口的斧头、锯子。可见他们手上的木匠活儿个个都磨砺得不一般。但真正能从小学徒一路攀升到大师傅的，没有几个。汪家父子，算是特别！

　　汪家父子同为木匠，且都是木匠行里的天才。同样的木料，弄到汪家父子手上，立马就非同寻常了！人家所连的卯榫，任你十头骡子、八匹马都休想拽开，看汪氏父子雕在箱体、桌角上的蝴蝶、鲤鱼，你会害怕那蝴蝶扇动翅膀飞了，鲤鱼跳起来，蹦到你桌上的碗里。

　　汪家父子，凭着木匠手艺，叫响了盐河两岸。

　　这一年，盐区泰和洋行的大东家杨鸿泰，来船坞选匠人，

汪家父子 壬辰 鑫 敬 识

汪家父子同为木匠，且都是木匠行里的天才。同样的木料，弄到汪家父子手上，立马就非同寻常了！人家所连的卯榫，任你十头骡子、八匹马都休想拽开。

说是去他家修缮门窗。汪家父子，有幸被杨鸿泰看中。

开工的前一天晚上，杨鸿泰设宴招待汪家父子。酒桌上，杨老爷漫不经心地问："打嫁妆，用什么样的板材最好？"

汪家父子对对眼睛，这才知道杨老爷领他们来，不是修缮门窗，而是专为他们家的宝贝女儿打嫁妆。

一时间，汪家父子多少有些紧张。因为，打嫁妆与修缮门窗，看似都是木工活，可两者截然不同。大户人家修缮门窗，虽说少不了要雕梁画栋，可那毕竟是木匠行里的轻巧活，可精耕细作，也可偷工减料，再无能耐的木匠，照葫芦画瓢，也能给糊弄过去。可打嫁妆，尤其是到盐区大户人家去打嫁妆，那还了得！先不要说贵府里的千斤，对自身的嫁妆有什么刁钻、新奇的要求，管家领你去看看人家打嫁妆要用的木料，一般的木匠，只怕就不敢下手了。

在盐区，大户人家嫁闺女，打嫁妆，相互攀比！你家小姐的嫁妆用红木、楠木的板材；他家的千斤，偏要高你一筹，选用紫檀、鸡翅木；更为甚者的，还不惜重金，购来广东、海南一代名贵稀少的黄花梨。而上等的紫檀、黄花梨，有着寸木寸金之说。一般的木匠，一斧子下去，坏了人家的板材，倾家荡产都赔不起哩。

汪家父子弄明白杨鸿泰的真实意图之后，凭着艺高胆大，点头应下了。至于工钱嘛，杨老爷没说，汪家父子也没有细问。汪家父子知道，杨老爷不会亏待他们。

接下来，汪家父子按照杨府里的要求，白天黑夜埋头做活。期间，杨老爷来过几趟，带些食物、用物，看似关心汪家父子的起居，实际上，是想看看汪家父子手上的真功夫。好在汪家父子不负所望，赶在当年的腊月初，把杨家大小姐所要的精美嫁妆，一件一件做好了。等待杨府里验嫁妆、赏工钱的那天，汪家父子一大早起来，顺便把回程的铺盖收拾停当。日升三竿时，杨老爷带着太太、管家，还有他那宝贝女儿，前呼后拥地来了。汪家父子迎上去，陪在左右。杨老爷无意间看到汪家父子堆在门旁扎好、捆紧的铺盖卷儿，略顿了一下，转身问身后的管家："今儿，是腊月初几？"

管家回话，说："老爷，今儿是腊月初三。"

杨老爷轻"哦"了一声，看似自言自语的样子，说："离过年，还有一阵子嘛。"

随后，杨老爷转到场院，指着眼前那些尚未用完的红木、楠木以及名贵的板材，有一搭没一搭地跟管家说："叫他们父子别急着回去，再打上两个箱子。"说完，杨老爷手托着"咕嘟嘟"响的水烟袋，转身陪太太、大小姐去了，没再过多地跟汪家父子说什么。

这一来，弄得汪家父子措手不及。杨老爷哪里知道，汪家父子，之所以起早贪黑地忙着把杨家大小姐的嫁妆做出来。目的，就是想早一点赶回家。年后，汪家也要办喜事哩。

可杨老爷话已说出口，汪家父子又好说什么呢？只好按杨老爷的吩咐去做呗。好在杨老爷后加的这两个箱子,没说尺寸,也没说大小,更没有要求选用什么样的木料。汪家父子合计了一番,不想再去锯木、解板,大动干戈,他们从废木墟中捡起一些下脚料,七凑八凑,好歹糊弄了两个刚好能圈进只貍花猫的一对小木箱,呈给杨老爷时,担心杨老爷不高兴,汪家父子便巧立名目,美其名曰——装金藏银。意思是说,别看这一对箱子小,小姐带到婆家后,用它来装金子,藏银子,寓意着荣华富贵!

杨老爷听了,笑笑,说:"这对箱子,是我送给你们父子俩的礼物。既然你们想用它来装金子、藏银子,那就满足你们。"说完,杨老爷吩咐管家,领他们到库房去装满金银,算作工钱、赏钱。

那一刻,汪家父子傻了一般,愣在那儿了。

上
席
宾
客

　　盐商，戏称盐大头。他们靠倒腾盐的买卖，赚足了银子，且个个都富得流油！他们吃喝嫖赌玩腻了，不外乎还要忙活两件事：一是购买盐田，扩大商埠，利滚利涨，力争在盐区站稳脚跟；二是大兴土木，营造豪门大院，雕梁画栋，光宗耀祖，流芳千古。

　　可沧海桑田，世事轮回，历朝历代的盐商富豪数不胜数，又有多少盐商后代继承先辈的家业，永葆辉煌呢？屈指算来，盐区一代又一代的盐商，无不在败落——兴盛、兴盛——败落中煎熬着。

　　光绪六年，盐河北岸的殷汉龙爆出一条惊人的消息，他要在盐区最繁华的西大街上，建造一幢六进深宅大院。外人听来震惊，不敢相信！了解他殷汉龙的人，更不会相信他有如此能耐。

　　殷汉龙是什么人？海鲜馆里跑堂的店小二。盐区上点岁数的人都还记得，殷汉龙的父亲是个赌鬼，他曾在一夜之间，赌来上百顷白花花的盐田；又在一夜之间，赌掉了家中的美妻娇妾。最终，自缢在一棵歪脖子树上了。

殷汉龙失去父亲那年，刚好十二岁，此时他正在学堂里摇头晃脑地读《百家姓》，背《三字经》。眨眼之间，他从一个衣来伸手、饭来张口的富家子弟，沦为盐区的流浪儿。幸好盐河口那家海鲜馆的老板看他机灵，收去略加调教，让他做了店小二。至此，殷汉龙每日五更起床，帮东家炸香果子，卖油条，见天肩膀上搭条白毛巾，拎个紫红锃亮的传菜饭盒子，出入盐区的高门大院，给那些藏在闺中的俊太太、大小姐们送去美味佳肴。等到他自立门户，在盐区堂而皇之地开起一家望海楼饭馆时，殷汉龙已经悟出：盐区人，除了靠倒腾盐的买卖能发家致富，再就是开饭馆，也能一步登天。

常言道：人是铁，饭是钢，一顿不吃饿得慌！盐区商贾大户多，有钱人多。而有钱人的交往，大都离不开戏院、酒楼、茶社。他殷汉龙打小从那种灯红酒绿里打磨出来，亲眼见证了有钱人的银票是怎样像飞鸟一样，一群群飞进戏院、酒楼、茶社的。所以，终于有一天，殷汉龙自己做起了饭馆的生意，不过，那时间他已人到中年，娶妻生子了。

接下来，也就是三五年的光景，殷汉龙发了！至于他手头赚了多少钱，外人无法估算。但有一条，殷汉龙确实是有钱啦！他学着盐区那些大盐商的做派，从南洋请来能工巧匠，扬言要

可沧海桑田，世事
轮回，历朝历代的盐商
富豪数不胜数，又有多
少盐商后代继承先辈的
家业，永葆辉煌呢？

在盐区造一幢前所未有的豪门大院。

有人说，殷汉龙这样做，是想为他赌场上丢掉性命的先父争回名分；也有人说，他是穷人乍富，撑腰挺肚。那些早就富得流油的大盐商们，说得更加尖酸刻薄，指着殷汉龙的脊梁骨，说他如此这般，纯属于一瓶水不满、半瓶水晃荡。

可殷汉龙不管外人如何风言风语，他按部就班，如期请来南洋的工匠们，"叮叮咣咣"的三月有余，最终把一幢雄壮、威武、气派、优雅，在盐区独一无二的深宅大院建起来了。

正式竣工那天，殷家大院，如同过大年一般喜庆，殷汉龙本人穿了一件紫红的暗花长袍，戴乌黑油亮的貂皮帽，三个儿子，一色的洋布长衫，留分洋头，已经娶妻有子的大儿子，膝下领着个咿呀学语的孩子，胸前还晃动着一弯亮闪闪的怀表链子。鞭炮齐鸣的那一刻，殷汉龙领着他的儿孙们，满面春风，拱手在门厅里迎客。

手持请柬的宾客们，大都是盐区的头面人物。他们中有骑马、坐轿来的；也有揽着娇妻、美妾，雇用黄包车，一路摇着铃铛风光而至的。这其中，不外乎有些达官显贵还是当年殷汉龙父亲的赌家，乃至他们的后代。

好在时过境迁，殷汉龙不计前嫌。大家在欢庆热闹的气氛中入席行酒时，忽而，有人看出不妥——正厅的八仙桌上，原本该是殷汉龙陪着盐区的头面人物就座，次之，也该是殷家儿孙的席位，偏偏让那帮南洋工匠们给占了。这算哪门子事呢？

　　刚开始，大家猜不透他殷汉龙的葫芦里卖的什么药？客随主便，随殷家人安排。可酒过三巡，那些心中颇受压抑的宾客，趁着酒气，如同戏言一般，指责殷汉龙，为何不让你的家人，也就是殷汉龙的儿孙们坐在正厅，偏要让那帮工匠们占着上席？

　　殷汉龙先是笑而不答，末了，他告诉诸位："南洋的工匠，是为我建房的人，功不可没；可我那帮犬子犬孙，早晚将是卖我房子的人，不提也罢！"后面的话，殷汉龙没有细说，可在场的人大都悟出他话里话外的意思，顿时鸦雀无声。许久，有人冷不丁地带头鼓起掌来……

诱
学

张真十二三岁的时候，就跟着盐区的大东家吴三才捧烟袋、拎夜壶、掏耳窝子，可谓啥下贱的活儿他都干了。后期，东家看他年岁大了，手脚也不是先前那么麻利了，便赏他几亩盐田，让他另开炉灶，养家糊口去。这是那个年代里奴才们梦寐以求的美事了。张真磕头泪别了东家。之后，他借助于东家的关系，广开盐路，几年的工夫，发了。

半道上发了财的张真，如同雨后枯树根里冒出的嫩蘑菇，破土而出的那一阵子，它比旁边根正、苗壮的小树棵子长得还快！张真喜滋滋地摸着腰包里一天天鼓起来的银票，像模像样地学起了盐区大盐商们的做派，将手中得来的银子一分为二。其一，用于购置盐田，利滚利长，力争今生今世能跻身于盐区的名门大户行列；其次，投资办学，立志教育下一代，让他们读书做官，光宗耀祖。

前者，张真不用再学了，他打小跟在东家身边，如何抛出洋钱，去购置白花花的盐田他心知肚明。问题是怎样教育儿孙们读书认字儿？这对于斗大的字不识半筐的张真来说，可真是丈二和尚摸不着头脑。

盐区高门大院人家，都有自家的学堂。而且，各家学堂的规格、装饰以及室内的门窗、桌椅设施等等，都是家族中几代人、几十年，甚至上百年呕心沥血地打磨出来的。他张真奴才出身，半路起家，顶上天算是个土财主，他哪有那个实力。再者，盐区人家办学，一家赛一家得讲究。所请来的先生，更是没有边际的相互攀比，你家能找个贡生、秀才坐堂教书；他家偏要请个举人、进士来壮壮门面。能到盐区来教书的先生，个个都不是凡人。当然，一般人家请不起先生。

张真思量再三，领着膝下一对犬子——大宝、二宝，磕头叩拜到当年在吴老爷家教书的杨先生门下。

杨先生大名杨秀海，晚清秀才。此人身高八尺，学富五车，满身儒雅、威严之气。他教过吴老爷家的大公子、三少爷，四姨太还跟他学过一阵子书法呢。

那时间，张真还是个孩子，整天跟个小瘪三似的伺候在吴老爷身边。转眼，杨先生七十有余了，并在盐区安了家。眼下，杨先生早已不外出坐堂，只在家中教几个孩子。即便如此，也不轻易收徒。此番，张真来见，若不是吴老爷从中调节，杨先生只怕不会答应。但杨先生有言在先：孩子送来可以，他张真不能天天来见，也无须他过问孩子读书的事。只准其家人初一、十五来把孩子领回去洗洗澡、换换衣裳。

张真一一照办。

可每逢初一、十五，张真把大宝、二宝领回家时，总想知道孩子在杨先生那里到底学了什么。于是，张真就变着法鼓动大宝、二宝，问他们啥叫《百家姓》《三字经》？这是那个时候初入学堂的孩子们必须要背诵的。大宝、二宝不甘示弱，相互对对眼睛，便摇头晃脑地把"人之初，性本善，性相近，习相远"等一串串歌谣样的"经书"给背下来了。

张真高兴得手舞足蹈！

转而，张真又想：这两个小家伙背书口若悬河，是否也能写出来，读出来呢？张真想考考他们。张真本人不识字儿，怎么个考法呢？他想了半天，忽而一拍脑门子，有了！他把大宝、二宝分别关在两间房子里。让大宝在纸上写一个字，读出音来。随后，拿到二宝跟前，让二宝来认。在张真看来，两者读音一致，那就是对的。反过来，二宝考大宝时，也是如此。

张真的这一招，还真考住了大宝、二宝。好多字，大宝会写、能读，二宝却呆子一样，不认得。由此，兄弟两个比出了高低。

期间，张真制定了激励政策。他把大宝、二宝"互考"的每一个字，都写在一张铜钱大小的圆纸片上，谁认对了，便可拾"字"入兜。因为，纸片底下贴着一枚金灿灿的铜钱。

几次下来，大宝、二宝想出了赚钱的招数。再次盼到初一、十五回家时，这小哥俩便把平时所学的儿歌、熟语之类，依次

张真制定了激励政策。他把大宝、二宝『互考』的每一个字，都写在一张铜钱大小的圆纸片上，谁认对了，便可拾『字』入兜。因为，纸片底下贴着一枚金灿灿的铜钱。

编排好。那样，一方在纸片上乱写一气，另一方照样也能读出同一个字音。如此这般，让大宝、二宝轻而易举地骗得不少铜钱。

后来，一个偶然的机会，杨先生看到大宝翻弄衣兜时，抖出一张圆圆的小纸片，拾起一看，纸片上写得像字，又不是个字。杨先生岂能容忍，摸来板子，重打大宝的掌心，问他："纸上写得是什么字？"

大宝含泪告诉先生，说："那不是字！那是用来回家骗钱的。"

杨先生顿时愣住了！

接下来，等杨先生弄明白事情的真相后，杨先生默默地放下手中的板子，静静地看了大宝半天。末了，杨先生啥话没说，起身离去。隔日，杨先生以隶书、楷书、篆书等不同的写法，专教大宝、二宝一个字——钱。

数日后，又逢张真来领孩子回家。杨先生便把大宝、二宝的行李也一同给拎到大门外。并递给张真两张写满各种字体的"钱"字，告诉张真："孩子们今生要学的东西，都在这上面了，你拿回家考去吧！无须再找先生了。"说完，杨先生没等张真反应过来，便"吱呀呀"地把大门关上了。

红绿之间

　　盐区人，出落一个是一个。做官的当大官，经商的发大财。即便是哪家船女误入歧途，沦落红尘，那一准也是千古名妓。

　　盐河码头上，随便拉出一个开店的，或是摆地摊的，保准个个都肥得流油。怎么说也是盐商——盐大头呀，要别的没有，要票子，多得是。

　　说到票子，问题就来了！这人一有了钱，可不能闲着，总得折腾点事出来。不是盖房子购盐田，利滚利涨，发家致富，就是看中功名，建学堂，办教育，教导子孙苦读寒窗，光宗耀祖。最不地道的，那就是吃、喝、玩、乐、嫖、卖、赌，把上辈子，甚至是上上一辈子留下的家底儿，一股脑儿地翻腾出来，吃尽，花光，倒腾尽了拉倒。要不，钱留在手里，烧得慌。

　　盐区是水陆码头，五色人杂居。各色人花钱的套路各不相同。开店经商的，那叫买卖人。买卖人讲究精打细算，你让他购进卖出，一个铜板，变成三个铜板，豁出血本他都能干。但是，你让他拿着大把的洋钱去吃去嫖，那就要掂量掂量是否划得来了。反过来，那些舍得花大钱吃喝嫖赌的公子哥，你让他少花两个冤枉钱，安安稳稳地娶妻纳妾过日子，他才不干哩，那多没劲。这就是各自花钱的套路，也叫学问，深着呐。

盐区里，泰和洋行的大掌柜杨鸿泰，儿子在山东德州做知府，这官可以了吧？不行，小了点。杨老太爷想让儿子把官做到京城去。就像沈万吉家的大公子那样，能到皇上、老佛爷身边去做事，那多体面呀！

可巧，这一年春夏之交，慈禧老佛爷，携光绪皇帝南下，路过盐区。

杨鸿泰事先得到信儿，不惜一切代价，搞来两块稀有的宝石，一红一绿，大小相等，质地一样。红的，如一汪血水；绿的，赛一团胆汁，各自晶莹剔透，美到极致。

据行内人士透露，那两块宝石，来自遥远的西方。据传，是拿破仑的遗产，后经文物贩子转手倒卖流入盐区，价值连城。杨老太爷，为儿子官场再创辉煌，休妻当奴，买下了那两件稀世珍宝。并选在慈禧太后来盐区召见盐商时，杨老太爷不失时机地将那宝物献上了。

当时，大太监李莲英在场。

杨老太爷掏出怀中的宝石时，说得轻描淡写。只说他有两块石头要献给皇上、圣母皇太后。

李莲英当即瞥了杨老太爷一眼，心想，老佛爷一路鞍马劳

红绿之间 六月 爱民

李莲英当即瞥了杨老太爷一眼，心想，老佛爷一路鞍马劳顿来到盐区，就稀罕你两块破石头？真是的。

顿来到盐区，就稀罕你两块破石头？真是的。

然而，当杨老太爷打开锦盒，亮出两块光芒四射的宝石时，李莲英的眼睛为之一亮！随之，呈给皇上、皇太后。

皇太后一看，就知道是好东西，捏在手中，对着灯光左右照看，轻轻点头，夸赞说："好，好！"

杨老太爷指明，红的，献给皇上；绿的，献给圣母皇太后。因为，绿色，表明祖母绿。此刻，将绿的献给皇太后，比红的更为珍贵。

杨老太爷这样做，可算是皇上、老佛爷，一个都不得罪。

可他怎么也没有料到，这件好事，办坏了！他小瞧了一个人，谁？谁敢比皇上、皇太后还重要。他就是皇太后身边的那个大太监——李莲英。

李莲英虽说是个奴才，可他是太后身边的红人，成事在他，败事也在他。皇宫里的皇族大臣们，哪个敢小瞧了他？皇上吃不到、得不到的东西，只要皇太后能有的，样样都少不了他的。可今儿，盐区这狗盐商——杨鸿泰，偏偏没把他放在眼里。

这下好啦，小人作怪了。

回到京城以后，皇太后对那块绿宝石爱不释手，正准备让吏部提携杨鸿泰之子进京为官时，李莲英在一旁斜睨着太后手中的那块绿宝石，说："老佛爷，那盐商也怪呢，怎么不给咱们一块红色的呢，难道，老佛爷就不配戴那红色的？"

这句话，一下子戳到慈禧太后的痛处。

当年，慈禧只是咸丰帝的侧妃，不是正宫，咸丰爷限定她，只能穿绿衣，戴绿凤冠。名分上，低了慈安东太后一头。此刻，李莲英又提她不配戴红，正戳到慈禧的心尖子上。

慈禧当场勃然大怒，痛斥了李莲英一番之后，忽而记恨上盐区那个大盐商杨鸿泰。

后来，杨鸿泰在德州做官的儿子，不但没有得到慈禧的提携重用，反而被莫名其妙地贬到新疆伊犁。至死，都没让他回来。

狐

笛

盐区鼎盛时，店铺林立，商贾云集，车水马龙。

十里洋场的盐河码头，歌舞升平，昼夜欢娱。沿街、顺河的吊脚楼、马头墙，鳞次栉比，雕梁画栋，好不气派！一家赛一家摆阔、显气派的盐商大户们，或高门大院，戒备森严；或沿街开店，招揽八方来客。苏杭的丝绸、宜兴的紫砂、景德镇的陶瓷以及沿漕运而来的天津鸭梨、沧州金丝小枣、安徽符离集的烧鸡，洪泽湖的大闸蟹，都曾在盐区叫响过！曹家布庄，就是那个时期兴旺起来的。

曹家，在盐区算不上名门望族，却留下不少传奇的故事。狐笛算一件！

曹家大院，前临街面，后靠盐河，前后三进院落，可谓庭院深深。清一色的粉墙黛瓦，掩映在翠柳、松柏、假山、水塘之间，画一般美丽。后期，曹老爷还在怪石叠趣的后花园里建起了一栋西式的两层小洋楼。那是曹老爷专门为七姨太建的。

　　曹老爷一生爱花，爱鸟，爱年轻漂亮的女人。曹老爷视淫欲如美食一样喜好！在他六十有几的时候，有位泰州商人投其所好，给曹老爷领来一位如花似玉的"扬州瘦马"。曹老爷喜出望外，收房做了七姨太。

　　那小女子，看似水一样温顺、柔美，可她得过名师指点，举止优雅、大方。且，略通文墨，懂得琴棋书画，尤其是一口竹笛吹得好！刚来时，一首思乡曲《梦江南》，吹得曹老爷都跟着她扯襟抹泪。

　　之后很长一段时间，每当七姨太抚笛吹曲，曹老爷就领她到江南人开的饭馆里进餐，以缓解她的思乡情结。有时，曹老爷还把小街上唱昆曲的南方艺人，请到家中来演唱，以讨美人欢颜。

　　七姨太深知曹老爷真心疼她、爱她，内心十分感激。可她身为一个水弱女子，拿什么来感激曹老爷呢？唯一的法子，就是与曹老爷百般恩爱，夜夜欢歌！

　　岂不知，那样恰恰是害了曹老爷。已近古稀的曹老爷，悄然步入风烛残年，他哪经得起七姨太青春欲火的燃烧！当年冬天，一场寒流袭来，曹老爷卧病不起，前后不到半个月，老人家便撒手西去。

　　曹老爷死后，七姨太参与曹家的内务管理，很快显出她当家理财的非凡才干。不能作美的是，七姨太生不逢时，就在她掌管曹家一切财物的当年春天，赶上了盐河兵变，各路匪寇席卷盐区。七姨太出于保护曹家，在后花园的小洋楼上修筑了炮楼，雇用了七八个炮手。每当外面风吹草动，她便让炮手们放上几炮，以示曹家的威武。

谁知，七姨太的这一举措，震惊了盘踞在曹家后院多年的一群狐狸，它们闻炮声而动，四处躲藏，昼夜不得安身。随之，狐狸们产生了报复主人的举动，先是半夜里敲打曹家的门窗，再就是往曹家的灶台上拉屎、撒尿，折腾得曹家上下鸡犬不宁，狼狈不堪。

七姨太年轻好胜，借此狐狸闹事之机，拆掉了后花园的假山，捣毁了狐狸的老窝，铲死了小狐崽，炮轰、棒击落荒而逃的狐狸们。一时间，曹家大院里见不到狐狸的踪影，七姨太认为狐狸们被她赶尽杀绝了。

不料，当年大年三十夜，也就是曹家大院里张灯结彩、喜庆新年的时候，忽而传来了阵阵哀号！仔细分辨，那哀号之调，还是七姨太当年思乡时所吹奏的《梦江南》。

这就怪了！七姨太早就不吹那悲伤的曲子了，此哀号何来？七姨太派人四处寻觅。可找遍了曹家大院的每一个角落，也没找到那哀号究竟来自何处。

郁闷中，老管家侯三提醒七姨太，说那笛声十之八九是狐狸所为。侯三说，狐狸善于模仿人的举止言谈。尤其是模仿老人的咳嗽或婴儿的哭声，极为相似。侯三没好直说，七姨太刚来时吹的悲哀曲，被狐狸们学去了。

孤笛

不料，当年大年

三十夜，也就是曹家大

院里张灯结彩、喜庆新

年的时候，忽而传来了

阵阵哀号！仔细分辨，

那哀号之调，还是七姨

太当年思乡时所吹奏的

《梦江南》。

七姨太沉思良久，仗着家有火炮，让家丁们乱轰一阵，果然是震慑住那凄凉阴沉的哀号。

可第二天，大年初一的早晨，曹家人一开大门，门上的红对子不翼而飞，换上了当地丧事上用的黄烧纸。给曹家人，蒙上了一层晦气的阴影！

随后，曹家频频出事。先是七姨太与商客偷情，被侯三撞上；再就是一把天火，把曹家前后宅院烧成一片灰土。七姨太心灰意冷，想回扬州避居一段。临上路的那天晚上，曹家大院，又凑起了那凄凉阴沉的哀号声。

有人说，那哀号声是七姨太离去时，自己吹着竹笛走的；也有人说，那哀号声是一只成年的老狐狸，盘坐在人去楼空的曹家大院的门楼上，把长长的尾巴衔在嘴里所玩的口技。

总之，七姨太是伴着哀号声走的。走时，七姨太把曹家一大串钥匙交给了老管家侯三，说她要去扬州小住些日子。可七姨太此番一走，再也没回到盐区来。

数年后，有人透出底细，说当年曹家的败落，不怪七姨太，只怨那个老管家侯三，他看曹家没留下什么后人，想侵吞曹家的财产，处处给七姨太添乱，前前后后的事儿，都是那老管家装神弄鬼惹出来的。可到头来，老管家只得到一串空落落的钥匙。

厨
娘

在盐区，大盐商沈万吉好吃是出了名的。此人嗜美食如命，好吃又会吃，即便是青菜萝卜，也讲究吃出名堂、吃出情调来。

晚清，庚子事变后，京城里有位王爷受到牵连，举家被驱逐出京城，其妻妾、门客、家仆，数以百计。罪不可赦者，斩！妇幼无知者，流放至青海、广西、内蒙古以及江浙、福建一带东南沿海。

沈万吉得此信息，拐弯抹角地从那些流放、落魄的女仆中，弄来一位年轻貌美的厨娘。那小女子，肤如凝脂，面若桃花，娇小可人。沈万吉尤其留意到她那双纤细而又娇嫩的手，面捏、玉琢得一样光洁诱人！想必正是那双巧手，昔日里在王爷府上做出了无数的美味佳肴。而今，那女子被他沈万吉领进家门，接下来他沈万吉就该尝到她的手艺了。

刚来的那几天，沈万吉看那小女子还处在惊魂未定之中，没有急着让她下厨，而是体贴入微地为她收拾了一套颇为安静的院落，备上琴棋纸砚，让其调养心境。怎么说，人家也是王爷府上出来的大家女子，是见过大世面的。沈老爷很理解那女子此时此地的心情！

可那小女子并不领情。最初的日子里，她猜测沈万吉那老东西是看上她的美色，要霸占她，曾想用三尺白绫了此余生。可数日过后，她似乎觉得沈老爷无视她的美貌，仅仅是对她在京城里的衣食住行感兴趣，这让那小女子心暖了许多。

日子久了，那小女子与沈老爷熟了，她反而愿意接近沈老爷了。可沈万吉、沈老爷，不等闲话谈深，便推说时候不早了，或是府上有什么要紧的事情在等着他去办理，便匆匆起身离去了。弄得那小女子好好的心情被冷落下来，好生难受！

这一日，沈老爷又来小坐。那女子耐不住心里的疑虑与苦闷，壮着胆子，问沈老爷领她来到底是出于何意？

沈老爷看着那小女子满脸疑惑的神情，半天没有言语。末了，沈老爷问她："你想为本老爷做点什么呢？"

那女子低头不语。

沈老爷看着那小女子娇羞、妩媚的面庞，略顿了一下，替她说了："你不是京城王爷府上的厨娘吗，想必做饭做菜的手艺一定不错。有兴趣的话，去厨房给本老爷做两道可口的饭菜？"这可是沈万吉的真实意图。

当下，那女子没有吱声。但转瞬间，她两眼扑闪出晶莹的泪花。沈老爷看她落泪，心想，此番让她下厨，是否早了点？

厨娘

沈老爷看着那小女子娇羞、妩媚的面庞，略顿了一下，替她说了：

『你不是京城王爷府上的厨娘吗，想必做饭做菜的手艺一定不错。有兴趣的话，去厨房给本老爷做两道可口的饭菜？』

忙改口说："随便说说而已，别当真嘛。"说完，沈老爷找了个理由，起身离去了。

过了两天，沈老爷又来闲坐，有意无意间，又扯到让她下厨的事上了。

这一回，那小女子没有落泪，但她推托说："奴妾今日有些头昏，请老爷见谅，改日再伺候老爷吧！"

沈老爷也没有强求。大约又过了半月，沈老爷忽而拿出了他老爷的派头，搬一把太师椅坐在厨房，派人去喊那小女子来，不由分说地让她下厨做菜。

沈老爷指着案板上一块五花肉，说："本老爷今天想尝尝你的手艺，就给我爆炒一盘五花肉吧。"

这道爆炒五花肉，看似家常饭菜一样简单，可真是爆炒起来，那是非常讲究的！先是刀功要好，再就是要把握好火候，炒得好，清爽可口！炒不好，皮条一般，咬不动，嚼不烂，扔给狗，狗都不吃。

应该说，沈老爷让那小女子来爆炒这道五花肉，就是要看看她手艺的。

可那女子，看着案板上的一块红白相间的五花肉，如临大敌一般，垂首竖在沈老爷跟前，半天举步不前。

沈老爷催她挽袖子动手，那女子却始终低头不语。沈老爷看她那委屈的样子，心想，这小娘子是誓与本老爷为敌了不成？她能在京城的王爷府上伺候达官贵人，就不能为本老爷效劳吗？沈老爷想训她两句，可话到嘴边了，他还是压住心中的不快，指着案板上的五花肉，不温不火地跟那小女子，说："动手吧！"

那小女子看眼前的这一幕是躲不过去了，忽而滚下了两行热泪。

沈老爷装作啥也没看见似的，仍旧压低了嗓音，威逼她："动手呀！"

那小女子"扑通"一下，给沈老爷跪下了，泪水涟涟地说："沈老爷，奴婢不会呀！"

"什么？"沈老爷一听，顿时怒发冲冠。

他猜测这小女子是铁了心地不想伺候他了，冷脸一板，猛一拍太师椅的扶手，怒斥道："你认为你是个什么东西？你是官府的罪奴！不再是王爷府上的厨娘、爱妾啦！本官念你有一技之长，领你来做事，没想到，你跟本老爷耍起了贵妃娘娘的派头。"沈老爷说这话时，脸色都气黄了！

那小女子看到眼前的阵势，一时间，声泪俱下！她告诉沈老爷，说她确实不会做菜。她告诉沈老爷，她身为王爷府里的厨娘，实则是王爷府上厨娘中一个拣米的。

"什么？"沈老爷瞪圆了两眼，愣愣地看着眼前的那个泪人儿，质问道："你是个拣米的？"

那女子点点头说："是！"

她告诉沈老爷，说王爷府上的厨师、厨娘，数以百计，光是择菜、拣米的厨娘，就有七七四十九个，大家各负其责。这其中，挑水的只管挑水，劈柴的仅负责劈柴火，就连掌勺的大师傅，都无须过问红案上、白案上的大小事宜。

沈老爷一听这话，顿时大失所望！原认为弄来个王爷府上的厨娘来，就可以品尝到王爷们的口味了，没想到，折腾了半天，弄来个厨娘，仅仅是王爷府上一个拣米的。也罢，那就让她为本老爷拣米吧。沈老爷想，如此这般，也算是沾上京城里达官显贵们用餐的口福了。

岂料，半月下来，沈家厨房报来账务时，让沈老爷大为惊叹，光是买米一项开支，就是鸡、鸭、肉、鱼的百倍还多。问其缘由，那小女子按王爷府里的用米标准来选米：磕碰过的米粒不要，带糠皮的不要，鼓肚的、长短不一的一概不要，这样拣下来，一斗米里，挑不出几个合格的。

沈老爷看罢，不由得长叹一声，唉！

呜嗒

呜嗒，是一种鸟。

"呜嗒——"是那种鸟的叫声。

可想而知，呜嗒因叫声而得名。

呜嗒专食浅水汪中的小鱼小虾，也捉海滩上那种鬼头鬼脑的小沙蟹。呜嗒成双成对，天性乖巧聪明，狩猎时，懂得相互配合，一只立在水塘边贼眼静候，另一只则绅士一般，高抬起长长的红爪，漫步在水塘中驱赶鱼虾。发现可猎食的活物，两翅瞬间展开，嘴巴往水中猛劲儿一啄，准有鲜活的小鱼小虾，被它那长长的红嘴夹住。

成年的呜嗒如小秋鸡仔那样大，单腿独立时，缩成毛茸茸的一团，长长的红嘴斜插进翅膀里，通体鳌花色。也有黑红色的，很稀少，叫声也不一样。但，不管是黑红色的，还是鳌花色的，只要是雄性的呜嗒，头顶上都有一朵媚人的红冠。翠绿的芦苇、水草间，看到有红点儿闪动，那就是呜嗒在东张西望，很惹人喜爱。

呜嗒同鸳鸯一样，比翼齐飞。有时，还双双落进大户人家的后花园里觅食筑巢，繁衍后代。

旧时，盐区有钱人家的后花园里，大都与盐河的沟沟岔岔相连,呜嗒们寻找到可觅食的水塘,相互间"呜嗒——呜嗒——"地叫着，飞奔而去。

呜嗒的叫声，是呜嗒们传递信息的言语。

盐区的大人、孩子都会学叫："呜，嗒! 呜，嗒——"

有巧嘴的孩童,学得极像,还能把真的呜嗒呼唤到身边来,奇不?

烦人的是，呜嗒的叫声太响亮! 有时，夜深人静，猛地听它一声"呜嗒——"叫，能把你从美梦中惊醒。

呜嗒在鸣叫时，嘴巴是插在水中的，先出一个"呜"字，待"嗒"字叫开时，它那长长的嘴巴已从水中抽出大半，叫声随之传开，形成"呜嗒——"的悠扬声，远近一样嘹亮! 所以，有时听似呜嗒的鸣叫就在窗外，可推窗寻找，它正立在遥远的水塘边。

谢家的后花园里，常年栖息着那种水鸟。

谢家的花园很辽阔，素有盐区"小江南"之美称。

盐区有"谢家的花园杨家楼,吴三才的盐坨气死牛"之说，说的是吴三才家的盐太多了，拉盐车的老牛都气死了，你想想看，那该是多少盐。杨家的楼房也无须多言，肯定是很豪华气

呜嗒

知春一个人奔前面的假山去了。忽而，听到假山后一声『呜嗒——』叫。

调皮的知春，也跟了一声：『呜，嗒——』

派。这里单说谢家的后花园，那是盐区的一大景致。它巧借盐河一条横贯东西的河汊子，建起水上亭台楼阁，并与园内的假山、流水、拱桥、杨柳连成一体，四季流水潺潺，鱼虾不绝。即便是万物萧瑟的冬季，也有许多候鸟在此园筑巢过冬。

谢家老太爷谢成武，向来爱花爱草，把个莫大的盐河花园舞弄成江南水乡一般秀美。老人家常把盐区的头面人物，领到此处观鱼赏月，对酒当歌。谢家的公子、大小姐、少奶奶们，也常在此处招待来客。

那园子，极诱人！

一日晚间，谢老太爷在外面喝过酒。午夜进家，余兴未尽，喊上爱妾知春，连同几个家丁，一起到后花园赏月。路过一处小土包时，谢老太爷鼓了一泡尿，拐进旁边的小树林，松开腰带。知春一个人奔前面的假山去了。忽而，听到假山后一声"呜嗒——"叫。

调皮的知春，也跟了一声："呜，嗒——"

假山后，随之又传来一声："呜，嗒——"

而且是，声声相近。

突然，假山后跑出一个黑影，上来就去搂抱知春！那知春尖叫一声，顿时吓晕过去。

刹那间，谢老太爷和几个家丁都听到知春的叫声，同时也看到那个黑影，谢老太爷当即大吼一声：

"什么人？"

那黑影闻声而逃。

谢老太爷喊呼左右："给我拿下！"

说时迟，那时快，几个训练有素的家丁，闪电一般蹿上去，只听"扑通"一声，那个逃跑的"黑影"掉进旁边的河沟里。等丫鬟们打着灯笼，引来谢老太爷到马棚里去审问那个学呜嗒叫的家伙时，只见是个年轻人，已被家丁们打得昏迷不醒。

那个被捉的年轻人，为何躲在后花园的假山旁学"呜嗒"叫，已不重要。重要的是，第二天清晨，后楼绣房里传来噩耗——大小姐谢红，昨夜悬梁自尽了。

滚珠

盐河两岸，显能耐的男人，就数出海打鱼的。

每年正月，多不过十五，盐河口那些插满竹枝、彩旗的木帆船，就陆陆续续地离开了盐河码头。

他们中，或兄弟联手，或父子同渡，一个个撇下家中望眼欲穿俊巴巴的婆娘，扬帆远航，下南洋，跑北海，捕捉鱼虾，少则仨月，多则一年，或更长的时间，只要能顺利返航，就是荣耀、幸福的。

可悲的是，早年间，盐河里的木帆船漂泊在茫茫的大海里，如同蓝天白云下一只断了线的风筝，说不准什么时候遭遇狂风黑浪，瞬间便船毁人亡。

盐河边的女人，尤其是年轻的女子，新婚里含泪送走了情郎，能在孩子满地乱爬的时候，迎来南洋返航的丈夫，那就万幸了！千万别等不来丈夫，却立起一座牌坊，那样，可就苦了女人的一生。

好在，那串佛珠是有数的，总共三百六十五个，海生媳妇找一个，忙乎了大半夜，总算从一个、两个……念到了三百六十五个。

　　海生家的，一个俊巴巴的小女人，年前，腊月二十六刚娶进门，正月初九，下南洋的船上炸响了一挂长长的起航鞭炮，愣是把一对小夫妻给分开了。

　　好在这以后的岁月，有婆婆相伴。

　　婆婆念及年轻的媳妇长夜难熬，便送来一串光滑锃亮的佛珠，叮嘱海生媳妇，晚上熄灯上床以后，捻着佛珠入睡，可保丈夫海上平安。

　　海生媳妇听婆婆的话，每晚都要捻着佛珠入睡，尤其是捻到那颗象征着丈夫出海的大佛珠时，她每回都爱不释手，好多次还吻在唇边，贴近胸口，藏在暖暖的被窝里。可她万万没有料到，在一个落雨的午夜里，她掐捻那串佛珠时，说不清是她用力过大，还是穿佛珠的线绳年久腐朽了，突然间，穿佛珠的线绳被她小鸟蛋壳一样的指甲给掐断了。

　　当时，海生媳妇吓坏了！她知道，那串佛珠是海生家祖传的爱物、信物。那些大如樱桃的佛珠，是海生的爷爷、太爷们去南洋捕鱼时，从深海的贝壳里采集来的，总共三百六十五个，象征着一年三百六十五天。其中，最大的一颗，恰如红枣，听婆婆说，它好比家中正在海上捕鱼的男人。女人在家中捻抚着它，如同爱抚着自己的丈夫。

　　"哗啦啦"佛珠满地乱滚的时候,海生媳妇吓得两眼发直！她猜测，这事情要是让阁楼下的婆婆知道了，那可是要吃冷脸的！

海生媳妇赶忙披衣下床，地板上、被褥间、床缝里、墙角旮旯里，四处寻找。好在，那串佛珠是有数的，总共三百六十五个，海生媳妇找一个，口中念叨一个，忙乎了大半夜，总算从一个、两个……念到了三百六十五个。

海生媳妇直起弯弯的细腰，抹一下额头上细密的汗水，长长地舒了一口气，她庆幸一个不少地把那串散落的佛珠都找回来了，可等她坐在被窝里，要把那些佛珠一个一个再穿起来时，忽然发现线绳不够长了！这可怎么办？她想去阁楼下找根新线绳，可阁楼的悬梯，早已被婆婆收起来了。要想下楼，只有等到次日天明了。

那一刻，海生媳妇说不清是忧虑、烦躁，还是苦恼！陡然间，涌起一股无名火，猛拍了床铺两下，就听"哗啦"一下，她把刚刚捡起来的佛珠，全都掀翻到地板上。并别过脸，缩下身，拉起被子蒙起头，索性不管地上那些乱滚乱跳的佛珠了。

可过了一阵子，海生媳妇还是从被窝里露出她的泪脸，她先是静静地看着地板上那些无言以对的佛珠，末了，不声不响地翻身下床，默默地把那些散落的佛珠一个一个捡起来。等她再次把三百六十五个佛珠捡齐以后，忽然觉得，这捡佛珠，也能打发夜晚的时光。于是，再一次把捡起来的珠子泼撒在地板上，一个一个再捡起来。反复数次，等她累得腰酸背痛，想到床上歇一会儿时，没想到，钻进被窝，一觉睡到天大亮。

第二天，海生媳妇找来线绳，悄悄把那串佛珠穿起来了。

可到了晚上，她想到头一天夜里捡过佛珠之后，睡得十分香甜，竟然神使鬼差地把穿起来的佛珠再次解开，有趣地重复起昨夜的捡珠过程……那种奇特的催眠术，伴随海生媳妇度过了一个又一个漫漫长夜。

忽一日，早饭桌上，婆婆对海生媳妇说："闺女，你那串佛珠，是不是少了两个？"

海生媳妇猛一愣怔！一时间，小脸吓得煞白。因为，那串佛珠，确实被她滚丢了两个。而且，就在头一天夜里滚丢的。

婆婆说："昨晚，你好像数到三百六十三个就没了。"说这话的时候，婆婆给海生媳妇碗里夹了一筷子菜，丝毫没有责备的口气，说："你再好好找找，没准滚到墙角旮旯里啦。"

海生媳妇静静地看着婆婆，忽然间意识到，阁楼上下，一板之隔，想必，婆婆每晚都能听到她在阁楼上撒佛珠、捡佛珠、数佛珠的声音。或许，那也是婆婆的催眠术！

那一刻，海生媳妇惊奇地发现，眼前的婆婆也很年轻。

纳

妾

　　盐区屈指可数的几位大盐商中，沈万吉当然要在其中，他儿子在京城做官，他老人家深居盐区，所扮演的角色，多少有点"红顶商人"的味道，他依仗儿子在官场的势力，在盐区开银铺，经丝绸，建商务洋行，鼎盛时期，还号称过盐区第一富哩。

　　但，此人一生好色，好玩。

　　闲暇时，沈万吉喜欢扮成布衣闲人，弄个鸟笼子，提在手上，花街柳巷转悠。偶尔，十字路口遇上个敲锣耍猴的卖艺人，他也能同平常百姓一样，伸长了脖子，看上半天。

　　一天午后，沈万吉来到盐河口闲溜达，一家新开张的茶楼，引起他的兴趣，幌子上，别出心裁地写着四个大字——父女茶楼。

　　沈万吉感到新鲜！盐区大大小小的茶馆、茶社有那么几家，可人家不是选个"春"字，就是借助一个"茶"字做招牌，如"迎春茶馆""春来茶社"。这一家，怎么打起"父女茶楼"

的幌子？沈万吉想去弄个明白，掀开那家茶社的门帘，只见里面茶客不多，桌椅倒也干净、利亮，他选在靠窗的一个茶桌坐下。

随后，一个系着花兜肚的年轻女子，秀发间扎一条白底蓝花的包头巾儿，端着各类茶点，闪身从里面的耳房里出来，走到沈万吉跟前，问一声："客官，喝什么茶？"

沈万吉看这女子，二八的年纪，杨柳细腰，一张粉嘟嘟的小脸上，怪可人的，便上一眼下一眼地打量她，似乎忘了他此番是来喝茶的茶客。

那女子看沈万吉目不斜视地硬往她的脸上盯，俏皮地冒出一句："看什么看，问你喝什么茶呢？"

沈万吉轻"噢"了一声，笑笑，挑豆性地问道："这丫头，怎么连看都不让看呢？"

那女子认为遇上无赖，当即耍起性子，说一声："就不让你看！"说完，噘起小嘴，端着茶盘，转身回到内房去，不搭理那位客官了。

沈万吉弄了个冷场子。

再说那女子，回到内房后，如此这般地"鹦鹉学舌"一番，她的老父随即迎了过来。

那老茶倌也不晓得眼前这位布衣茶客，就是盐区大名鼎鼎的沈万吉、沈老爷，他不卑不亢地问道："客官，是来喝茶？"

那话里的意思是说，如果你这位客官不是来喝茶的，那就请你出去吧，别在这里胡闹。

　　沈老爷从老茶倌的脸色和话语里，感受到一种被人驱赶和戏弄的羞辱，恼怒之中，想说出他的身份，吓吓对方。可转而又想，他今天这身贫僧一样的打扮，即使自报家门，又有哪个会相信他就是盐区赫赫有名的沈万吉呢？也罢，沈老爷强压住心中的不快，原本想要一杯茶来压一下心中的窝囊气，又觉得今天这事情弄得他挺尴尬，再好的茶，也品不出滋味了，随手轻抖了一下长衫，一言没发，起身走了。那老茶倌随即跟了一句不阴不阳的话："送客！"

　　店小二又跟着幸灾乐祸地扯了一嗓子："送——客——！"

　　这一来，可算丢尽了沈老爷的脸面。

　　当天晚上，沈老爷回去以后，满脸不快地把管家叫到跟前，挑明了要收那父女茶楼里的小女子为妾。

　　管家纳闷：是什么样的女子，让沈老爷这般动心？

　　沈老爷不想跟管家多言，嘱咐他快去找一个巧嘴的媒婆。言下之意，他就认准了那父女茶楼里的小女子了。

　　沈老爷的这种选择，或许就是常人所说的那种"跳起来摘仙桃"的感觉，你好端端的女子，白送给他沈万吉为妾，他还不想要哩，他偏要选那"带刺"的，那才有情调。

　　茶楼里的老倌，听说盐区的大富豪沈老爷看上了他家的小女子，那还了得吗？简直就是洪福天降呀！老倌在等候沈老爷迎娶小女子的日子里，就像敬奉皇上的贵妃娘娘一样敬奉着自己的小女儿。

　　洞房花烛夜，那卖茶女总算是等来了她的大官人沈老爷。而此时的沈老爷，选床前一把太师椅坐下，一边"咕嘟嘟"地吸着手中的水烟袋，一边静静地、有滋有味地看着他眼前这位顶着红盖头的新嫁娘。

　　几天前，同样是眼前的这个小女子，他沈老爷想多看她一眼都不能。而今晚，他不但可以随意看，那女子还甘愿陪他同床共枕哩。那种戏弄仇家的快感，让沈老爷的笑意打眉眼里流溢出来。

　　可那女子，一切还蒙在鼓里。她哪里会想到，眼前的这位大官人，就是前几天到她们家茶楼里用茶的那位客官呢？她正沉浸在新婚的幸福中。

　　沈老爷静静地看着眼前披红戴绿的新嫁娘，半天一言不发。那女子被沈老爷看得浑身发毛！可她又不敢正视沈老爷，沉默中，她期待着沈老爷能靠近她，揭去她的红盖头。可沈老爷呢，漫不经心地坐在太师椅里，好半天，轻晃一下手中的水烟袋，说："好啦，把衣服脱了，让我好好看看！"

　　那女子不晓得老爷有什么规矩，想必新婚之夜，每一个新嫁娘都是这样的，也没敢多言，便低头扭身脱去外衣，立在床前。沈老爷上前一把扯下她的红盖头，不紧不慢地说："抬起头来，看看我是谁？"

　　那女子恍惚地看了沈老爷一眼，忽而如梦初醒，眼前的这位沈老爷，她的新郎官，不正是前些天在她家茶楼里遭到她冷

纳妾

那女子恍惚地看了沈老爷一眼，忽而如梦初醒，眼前的这位沈老爷，她的新郎官，不正是前些天在她家茶楼里遭到她冷眼的那位布衣茶客吗？当下，那女子『扑通』一声，给沈老爷跪下了，叫一声：『老爷！』

眼的那位布衣茶客吗？当下，那女子"扑通"一声，给沈老爷跪下了，叫一声："老爷！"便泪如泉涌。

沈老爷脸色一沉，猛起身，背后扔给她一句话："好啦，我看够了。"说完，沈老爷甩袖而去。

第二天，整个盐区传出一条新闻：沈万吉刚纳的小妾，又被他休了。

探
子

探子，盐区人俗称：扒沟子的。

说白了，就是给坏人通风报信的主儿。

旧时，盐区好吃懒做的无赖们，大都干过那种勾当。他们整日游手好闲，热衷于花街柳巷，给两个肉包子，让他喊爷叫娘钻人家裤裆，都不在话下，更别说是塞两块钢洋，让他给你带个"路"儿，传个"话"儿。

一般人家，不去招惹那些无赖们。

当然，一般人家他们也没放在眼里。

那帮刺头儿，看似穷得叮当响，可他们整天吃香的，喝辣的，一旦手头紧缺，或是口中无味了，奔盐区哪家高门大院去了，见到东家的老爷、太太、少爷、大小姐们，磕两个响头，要几个赏钱，或是讨一顿带肉菜的饱饭吃，就眉开眼笑，得意扬扬了。

这类讨吃要喝的主儿，一般不会坏你的大事情，大不了，讨不到你的赏钱，黑更半夜，跑到你府上大门口屙泡屎，窝囊窝囊你，也就罢了。

难以提防的是那种城府较深的真探子。表面上看，他们好人一样，让你很难识破他与城外的土匪、毛贼有勾当。这种人，大都是图钱财、甘愿做那种缺德的勾当；再者，是因为他知道的事情太多，被逼无奈，不得不给人家做探子。

城西十字街口，有一个掌鞋的宋瘸子，就曾做过一回探子。

原因是，他的鞋摊儿，正守着对面沈老爷家的深宅大院儿，想进沈家打劫的土匪们主动找到他。

前来接应的土匪，选在一天午后，一手拎一只旧棉鞋，来到宋瘸子的修鞋摊前，"哗啦"一声，扔过一只带响的，让宋瘸子看看鞋子里什么东西硌脚。

宋瘸子伸手往鞋坑里一摸，木呆呆地抓出一把钢洋。

"再看看这一只！"说话间，来匪把另一只鞋子递过来，宋瘸子往鞋坑里一看，额头上顿时冒出了一层冷汗！鞋坑里，一把雪亮的尖刀，正扎着一只血淋淋的舌头，是人舌头，还是狗舌头、猫舌头，一时间分不清。

这是那个时期，土匪们惯用的威逼手法，让你去打听某一件事情，打听不到，割你的舌头；打听不实，也要割你的舌头。赏钱嘛，就是鞋坑里那把哗啦啦响的钢洋。

宋瘸子知道遇上"大爷"了，停下手中的活计，问："哪里来的好汉？"

来人伏下身，伸出三个指头，暗示宋瘸子，他是钱三爷

撑子六六角

星凤画

土匪们说话算话，三天后，如期而至。宋瘸子没用对方开口，好像是无意间抬高手中正在削鞋子的月牙刀，就听「啊——」的一声惨叫。

的人。

钱三爷是盐河口一带坏出了名的匪首。

宋瘸子问："什么事？"

来匪问对面沈家有几只狗？

"狗"是黑话，暗指枪和护院的家丁数目。宋瘸子摇摇头，表示不知道。来匪没有为难他，又伸过三个指头，横在宋瘸子眼前，轻轻地晃了晃，恶狠狠地告诉宋瘸子：给他三天期限。三天内，若是再说不清对面沈家大院的底细，鞋坑里的那只血淋淋的舌头，就是他的下场。说完，对方起身走了。

宋瘸子却陷入了痛苦中。但，土匪们说话算话，三天后，如期而至。宋瘸子没用对方开口，好像是无意间抬高手中正在削鞋子的月牙刀，就听"啊——"的一声惨叫，宋瘸子自己把自己舌头血淋淋地割下来了。来匪在惊诧中，木呆呆地骂了一句："娘的，有种！"随后，起身离去。

事后，沈家老太爷知道宋瘸子为他而自残，就让他收了鞋摊，到他府上以享晚年。宋瘸子没去，宋瘸子仍旧在盐区掌鞋。有所不同的是，宋瘸子就此又多了一个雅号——宋哑巴。

匪

师

土匪，贼寇也。何师之有？不然，行有行规，匪有匪道。土匪，自有其为匪的学问。但是，土匪好做，匪师难求。穷极了眼的爷儿们，抄起家伙，打家劫舍，便可称匪。可匪师何来？除非你本身就是土匪，传授其为匪之道。可那又称不上匪师，顶上天，算个匪首、草头王而已。真正的匪师，要有文化、有涵养，要注重为人师表，还要甘愿在土匪窝里教匪。这样的人选，哪里找？

民国十几年，盐河入海口处，盘踞在太阳山上的匪首钱三爷，偏偏就弄来那样一位温文尔雅的匪师。

此人姓赵，名广德，白净净、矮胖胖的一个小老头，挂一副绣琅镜，留几根稀如冬草似的山羊胡子。他原为盐区一家私塾学堂里的教书先生。一日傍黑，赵广德连同他教的几个学生娃，一同被匪徒们押上太阳山。打开眼罩以后，赵广德首先看到了一双鹰一样阴郁的眼睛，正直丁丁地盯住他。当下，赵广德就猜到他被土匪绑架了，并意识到眼前这位鹰一样眼神的大胡子匪首，就是那个恶贯满盈的钱三爷。

"干什么的？"钱三爷冷冷地问。

"教书的。"

钱三爷眉头一皱，半天无话。想必，他已经意识到，盐区连年战乱，民贫如洗！有数的几家大户，如同秃子头上篦虱子，全被他手下的弟兄们一而再、再而三袭击过了。否则，今儿怎么会弄个教书的先生来呢。

可就在这时，旁边一间耳房里，忽而传来一阵娃娃的哭泣声！钱三爷拧眉一声高吼："什么人！？"

旁边一个小匪徒，立马上前一步，禀报道："回三爷，是赵先生的学生。"

这时，赵广德才知道，土匪们绑架他的同时，连他教的几个学生娃也一起带上山了。赵广德想，这下完了，他无法向那几个学生家长交代了。

可钱三爷听到娃声后，如获至宝。他当即让人放出那几个学生娃，并立马变了个人似的，装出一副和蔼可亲的样子，蹲到那几个孩子跟前，指着满脸儒雅之气的赵广德，问孩子们："他可是你们的先生？"

几个七八岁的孩子，一齐抹着泪眼，说："是！"

钱三爷默默地点点头，起身走到赵广德身边，轻拍赵广德肩膀一下，说："你可以回去了！"但钱三爷随之伸出右手，张开五指，在赵广德眼前左右晃了晃，恶狠狠地说："你回去报信吧，每家拿五十块现大洋来赎孩子。否则，就别怪我钱三爷不讲情面了！"说完，钱三爷转身欲走，赵广德却大声哀求道："三爷留步，我有话要说。"

钱三爷驻足停步，背后扔过一个字："讲！"

赵广德说："三爷，你把孩子放了。"

钱三爷转过脸来，问："为什么？"

赵广德说："我教的都是穷人家的孩子！"言外之意，他们中谁家也拿不出五十块现大洋。

钱三爷抬手一记耳光，"叭"的一声，打在赵广德的脸上，骂道："奶奶的，你懂不懂山寨的规矩？"

赵广德眼含热泪，说："三爷，实不相瞒，我不是什么正规的教书先生。"也就是说，他赵广德没有中过什么举人、秀才，他仅仅是乡间一个没有功名的教书匠。

赵广德还告诉钱三爷，说盐区真正有钱人家的公子哥，全都送到城里大学堂里读书去了。他所教的那几个学生娃，个个都是穷人家的孩子。

钱三爷冷冷地盯住赵广德，原本是铜铃一般的一对大眼睛，瞬间眯成了一道韭菜叶宽的缝儿，他威逼赵广德，道："这么说，今天弟兄请你上山来，是白忙乎一趟了喽？"

赵广德说："不，我身为一介书生，虽然不懂你们山寨的规矩，但我不想坏了你们的规矩。这样吧，你们把孩子们放了，我留下。"

钱三爷冷笑一声，说："你说得轻巧。留下你，顶个屁用，你有现大洋？"

赵广德脖子一挺，说："有！"

赵广德告诉钱三爷，他平时教学生时攒下的洋钱，一分都没舍得动，他想写封家书，让孩子们带回去，叫他儿子把钱送来。

钱三爷大拇指一伸，说："有种，就按你说的办！"随后，钱三爷吩咐左右："纸墨伺候！"

赵广德挥笔写下了一封声声泪、字字血的家书，让他的儿子见信后，务必把家中现存的洋钱，统统送上太阳山。

可数日过后，仍不见赵广德的儿子送钱来。

钱三爷料定其中有诈，拿刀抵住赵广德的脖子，质问道："你儿子送来的钱呢？"

赵广德额下触刀，一时间，如同一只被勒紧长脖的鸭子，两臂垂落，一副束手就擒的模样，支吾道："三爷，我儿不孝。那王八羔子，一定是见钱忘父了，求你杀了我吧，三爷！"

钱三爷说："我杀你，不如杀条狗！"随一脚把赵广德踢开，大声吼道："老子要的是钱，不要你的狗命。拿钱来！"

赵广德"扑嗵"一声跪下了，声泪俱下地跟钱三爷说："三爷不想杀我，我儿又不孝顺，肯请三爷收我入伙吧！"赵广德向钱三爷自荐说，把我留在山上，可教弟兄们认些常见的字儿，将来他们下山打家劫舍时，没准还能用得上。

驴师 赏身

饮度山

等到赵广德跟土匪们讲解『人之初，性本善……』的含意时，他已经开始晓之以理、动之以情地告诉土匪们一些简单的为人之道了。

　　钱三爷想想，这主意倒也不错。于是，就把赵广德留在山上，做起了土匪们的老师。

　　赵广德教书认真，教起土匪来同样认真！他从"天、地、人、和"开始教他们认字儿，慢慢地教他们背诵《百家姓》《三字经》。等到赵广德跟土匪们讲解"人之初，性本善……"的含意时，他已经开始晓之以理、动之以情地告诉土匪们一些简单的为人之道了。土匪们，大都是穷苦人家出身，听到动情处，常常是一片鸦雀无声……

　　忽一夜，雷电交加。天亮后，虽雨过天晴，可山寨里匪去窟空，弟兄们听了赵广德的说教，全都趁雨夜逃跑了。

除患

驼九证实他侄子张黑七、外号张大头入了匪道，是在一天晚饭桌上。在这之前，村里早有谣传，说驼九的侄子做了土匪。

驼九不信，说他侄子跟人家到山东烟台贩苹果去了。驼九的侄子离开驼九时，就是那样告诉驼九的。

但村里人都说张黑七做了土匪。

驼九的心里很不好受！他觉得事情发展到那一步，他驼九在村里人眼中，很没有脸面。

张黑七那东西，跟着他驼九孬好也是十几年啦，他驼九怎么就没把他教化出个堂堂正正的人来呢？偏偏让他跟着"胡子"跑了？那可是个千人恨万人骂的勾当。

驼九在没有证实他侄子做了土匪之前，他矢口否认他侄子做了土匪。

驼九很盼望某一天日照极好的时候，他侄子从山东贩苹果回来，而且是很风光地走进村来。

那样，外面的所有谣传，都会随之烟消云散。

但是，驼九万万没有料到，他侄子回来的时候，恰恰证实了村里人的谣传。

当时驼九正蹲在灶膛前，燃一把"噼叭"作响的黄豆桔，锅里煮的是玉米与小米熬成的粥。驼九打算把锅里的粥熬得稠一点、更香。反正是下雨天，没有事情干。

可张黑七偏偏在这个时候回来了。

驼九先是听到院子里一片嘈杂的脚步，随着地上的泥水"唏哗唏哗"声走近他的小草屋，扭头一看，先是看到张黑七站在他身后，唤他："叔。"再就是家院里，布满了一个个穿蓑衣、戴斗篷的"胡子"。

那时间，张黑七的队伍已经形成气候，盐区围剿过商贾大户，连山湾伏击过钱三爷的帮凶，就差没把钱三爷的压寨夫人占为己有。他此番回来，是带足了银子的。一则，想带走驼九，到他的山寨去，给他看家护院；再者，若是驼九不想跟他走，就送些金银，让他在此地过上好日子。

驼九呢，可能看出侄子的行为不轨，尤其是看到他腰间的"盒子"。驼九知道：完啦，那小子果真是入了匪道。

驼九埋头燃着灶堂里的火，好半天都没有搭理他。

张黑七站在驼九的身后，又叫一声："叔！"

驼九还是没有搭理他。那时间锅里的粥已经煮出香味。

驼九起身找来一只大黑碗和一小包红砂糖，装上满满的一

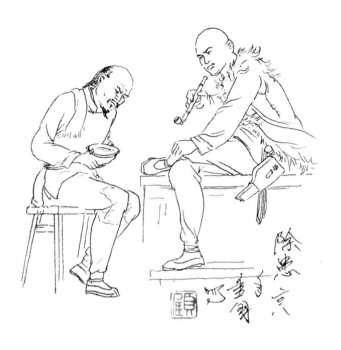

驼九起身找来一只大黑碗和一小包红砂糖，装上满满的一碗粥，与张黑七对桌坐下。

驼九说：「吃！吃了你上路。」

碗粥，与张黑七对桌坐下。

驼九说："吃！吃了你上路。"

驼九一刻也不想让那个逆子在家中久留。尤其是看到院子里那些"胡子"，一个个贼眉鼠眼的样子，这不明明白白地告诉左邻右舍，他驼九的侄子引来"胡子"、做了土匪吗？

也就在那一刻里，张黑七看出他跟前的那碗热粥有诈。尤其是驼九神情恍惚地催他吃粥，张黑七起了疑心！他插在怀里的手，都已经摸到怀里的大块的银锭啦，张黑七又悄悄地放下了。冷下脸来，直盯盯地看着他眼前那碗热粥，猛不丁地推到驼九那边，说："你吃！"

驼九愣了！他知道那粥里放进了什么，但他二话没说，端起那碗粥，头都没抬地吃了。

张黑七眼睁睁地看着驼九叔扔掉粥碗，倒在地上，起身帮他合上房门，招呼院子里的弟兄，如同没事人一样，走了。

那时刻，雨还在下着。

选

匪

土匪张黑七领着弟兄们打到盐河两岸去的时候，他手下的人马已经发展成一支浩浩荡荡的队伍。

张黑七自封为匪首。匪首之下，还有一帮跟着他出生入死的团长、旅长、伪队长之类。

那帮家伙，个个都是张黑七的铁杆兄弟，全都是张黑七亲自挑选出来的帮凶，随便拉出一个，都有一套看家的本领：要么不怕死，能打硬仗，敢于冲锋陷阵，别人攻不下来的堡垒，他上去就能拿下来；要么点子多，主意怪！大伙都没想到的事，他能足智多谋、化险为夷。张黑七本人斗大的字识不了几个，可他很赏识有文化人、有智慧的人。

一日，张黑七让他手下的副官，从队伍中给他挑选一个勤务兵。

副官深入基层，从各班、排中，层层挑选出一批年轻力壮的小伙子。而后，比武功，试刀法，打靶子，等送来给张黑七亲自圈定时，那已经是过五关、斩六将，百里挑一了。

但副官还不能自作主张指定哪个，他只能选出其中他认为满意的，送来给张黑七定夺。

勤务兵，也同时就是警卫兵，他兼有提茶倒水和保卫张黑七人身安全的双重任务。有谋无勇，不行；有勇无谋，更不行！必须智勇双全。

张黑七看看副官给他挑来的那几个虎背熊腰的棒小伙，说："好呀，让他们先吃饭吧！"

想必，副官领着他们比武弄枪，折腾了大半天，张黑七站在一旁也都看到了。

这会儿，正好又是晌午了，食堂的大师傅刚好煮开了一锅热气腾腾的面条子。

张黑七摇晃着手中的芭蕉扇，说："吃饭，吃饭，让他们先吃饭！"

说这话的时候，张黑七还关照正在为他们装面条的大师傅：装满一点，每只碗里，都给他们装得满满的。

这下好啦，食堂门口的小石桌上，一溜儿摆开了三五碗滚烫滚烫的面条子，张黑七端坐在当院的小槐树底下，让他们把面条子端过来，到他跟前的饭桌上吃。以此，想看看他们都是怎样来端那碗热面！

还好，第一个走过去，面对那碗上尖下流的热面，脸不变色，心不跳，弯下腰，双手捧起碗帮，如同捧住炭火一般，将

第三个走过来，顺手摸过石桌上的一双筷子，将碗中的热面一拧，高挑在筷子上。而后，一手端着碗，一手挑着面，大步流星地走到张黑七跟前。

那碗热面，稳稳当当地端到张黑七跟前的饭桌上。

张黑七夸了一句："有种！下一个。"

第二个也不示弱，学着前者的样子，大义凛然地走过去，弯腰捧起热面。有所不同的是，第二个脚下的步子迈得飞快！汤汁虽然撒了一些，但他少受了不少皮肉之苦。

张黑七也夸了一句："好！下一个。"

第三个走过来，顺手摸过石桌上的一双筷子，将碗中的热面一拧，高挑在筷子上。而后，一手端着碗，一手挑着面，大步流星地走到张黑七跟前。

张黑七一拍大腿，当即竖起大拇指，说："好啦，就是他。其他人吃过面，都回去吧！"

走
火

张大头揭竿而起时，背叛了他的主子钱三爷，他一路杀下山来，拉起了自己的队伍。

刚开始，张大头手下没有几个兄弟。

可是，要灭他的人很多！

先是钱三爷容不下他，多年来被三爷视为心腹的小土匪羔子张大头，突然间背信弃义，要与三爷为敌，那还得了吗？钱三爷表面上装作无所谓，哈哈一笑！可背地里早已派去杀手，要断送他的小命。

再者，那时间正值军阀混战，国民党和共产党都不允许乡野土匪横行！所以，张大头另立山头之后，举步维艰！

但是，那家伙仗着天时地利人和，窜至他的故乡淮河两岸谋发展，并以杀富济贫为幌子，坐地生根，招兵买马，"夹缝"中求生存，慢慢地壮大自己队伍。好在张大头对家乡人不坏，反过来，家乡人对他也不薄。张大头盘踞淮河两岸东躲西藏的日子里，吃的用的，皆有人援助他。包括他队伍中使用的大刀长矛以及他腰间斜挎的"盒子"，淮河两岸的铁匠银匠们都曾帮他锻打、修理过。

一天，张大头腰间的"盒子"，又没了准头，撞针秃了，十枪有八枪打不到弹孔的火药处，放空枪。

张大头找到淮河口汪二家的银匠铺。

汪二家世代都是生意人，汪二家的银匠铺，在淮河两岸是叫得响的。

张大头来找汪二修枪，一是汪二的手艺好，再者，张大头过去曾找过汪二，信得过汪二。

有所不同的是，张大头前几次来修枪，大都是夜间，或晚上街上行人稀少的时候。张大头很担心有人暗算他！

可今天，事情来得急，太阳还没有下山，张大头就礼帽长衫地摸进汪二的银匠铺。

汪二呢，如同摆弄他的古玩、银饰一样，就那么坐地在门口的亮光里，把张大头的盒子，从里到外，大件小件的一一卸开，等他找出毛病，拿出钢锉，一下一下，用力打磨"盒子"里面的撞针时，汪二的大哥是一个不会说话的老哑巴，从汪二门口路过时，看到二弟家来了一个长衫的陌生人，出于好奇，走过去之后，又返回来向汪二这边望了两眼。

不料，这一来引起了张大头的怀疑！惊呼一声："探子！"张大头随即拔出腰间的另一"盒子"，就听"哗啦"一声，拉

不料，这一来引起了张大头的怀疑！惊呼一声：『探子！』张大头随即拔出腰间的另一『盒子』，就听『哗啦』一声，拉动枪栓，紧接着就是『咣』的一声枪响。

动枪栓，紧接着就是"咣"的一声枪响。

　　说时迟，那时快，就在张大头拉动枪栓的一刹那，正在埋头打磨枪上撞针的汪二，忽而看到张大头的另一支枪瞄向了他的大哥，汪二知道大事不好了，口中大喊一声："他是我哥！"随之，猛起身去推张大头手中的盒子。

　　也就在那一瞬间，张大头的手脖子一歪，枪膛中那颗子弹不偏不倚，正中汪二的脑门上了。

　　张大头怀疑汪二与门外的来人是一伙的。

　　可枪响过后，张大头才知道外面的那个男人，是汪二的大哥，而且是个不会说话的哑巴。

　　可此刻，一切都既成事实了，张大头看着倒在血泊中的汪二，自言自语地冒出一句："枪膛里还有子弹？"言外之意，汪二帮他修枪时，不慎，走火了。

小白楼

　　码头上，叫得响的人物，大都有点来头。如大盐东吴三才，泰和洋行的大掌柜杨鸿泰以及儿子在京城里做官的沈万吉等等，个个都是码头上响当当的人物，谁敢惹得起！他们在码头上有一定的地位，说话硬气，隔三岔五的，总有人请去吃酒宴，倘若是酒足饭饱之后，喷着满脸的酒气往街心一站，那姿势，威武、气派，脑门亮堂。没有来头的人，惨了！如宋侉子、潘驼子、风筝魏、帽子王等，他们都是异乡来码头上混穷的手艺人，此地无亲无故无依靠，只有夹着尾巴做人，凡事都要小心点，千万别狂言诈语惹出乱子，平安度日就是福分、造化了。

　　盐区这地方，十里洋场，有钱人多，有能耐、耍横的主儿，更多。没准，你一个响屁放得不是地方，就有人盯上你，讨要闻臭的银子，给不？不给，拳打脚踢是轻的，十之八九让你倾家荡产，逼你卷起铺盖走人。

　　民国十几年，军阀张大头，官称张团长，领着队伍，浩浩荡荡地来了。盐区的那帮富得流油的"盐大头"们纷纷送钱、送粮、送地盘地向其献媚。

大盐东吴三才绝顶聪明，他看张团长初来乍到，身边没带女眷，便别出心裁地领来一位又白又俊俏的东洋小姐儿，孝敬张团长。

张团长很高兴！赏给吴三才一个盐区领事的头衔。并责成他亲自牵头，多方筹措资金，在海边为他的日本小姨太建起了一栋漂漂亮亮的小白楼。此楼，开窗可眺望大海，关窗后，还可以让那小女子从大海的涛声中，联想到她一海之隔的故国日本。

竣工之日，张团长给盐区大大小小的头目下了请柬。目的，就是想敲大伙的竹杠。

接到请柬的人，明知这顿饭吃不得，可还不敢不去！那时的张团长，手中握着枪把子。他打着维护一方平安的旗号，驻扎到盐区来。这在当时军阀混战的岁月里，他就是盐区的最高地方官，你敢得罪他？反了你了。

所以，接到张团长请柬的人，全都乖乖地揣上红包，捏着鼻子，强装笑脸，前来庆贺。

当天，张团长大摆宴席，宴请八方来客。

酒过三巡，张团长领着他的小姨太，假模假样地给大伙敬酒。一阵寒暄之后，张团长笑哈哈地问大家："诸位，看我给太太建造的小白楼怎么样呀？"

　　回答自然是一片喝彩！在座的宾客异口同声地说："好！"

　　张团长很高兴，正要举杯同大家共饮，忽而，坐在角落里的一个小盐商，外号曹大瓜，端起酒杯站起来时，叫一声张团长，说："张团长，你这小白楼，确实不错，盐区当数第一。就是门前的这条路，太差了！"说这话时，那个曹大瓜，还下意识地抬起脚，示意给张团长看，他来时，脚上沾了很多海泥巴。

　　刹那间，就看张团长脸色一沉。要知道，你曹大瓜在如此喜庆、热烈的场合，当众揭短，如同当着众人的面儿，在张团长光彩照人的脸上拍死一只苍蝇，多尴尬呀！

　　那一刻，就看张团长笑容僵在脸上，转身把手中的酒杯，放进一旁卫兵的托盘中，一个人"叭叽叭叽"地鼓起掌来。

　　在场的人，不明白张团长鼓掌的意思，先是三三两两地跟着拍巴掌，紧接着，又有人跟着鼓掌，直至全场欢声雷动，张团长才示意大家停下掌声。

　　张团长满脸笑容地走到曹大瓜跟前，轻拍着曹大瓜的肩膀，伸出大拇指，说："曹掌柜，你可真是我的好兄弟！既然你看出我这门前的路不好，那就劳驾给我铺铺吧？"

　　曹大瓜一愣！尚未回话，就看张团长冷脸一板，说："给你三个月的期限……"后面的话，张团长没有细说，曹大瓜就放了冷汗。

　　从海边的小白楼，到盐河码头的闹市区，足有两三里的路程，那可不是一个钱两个钱能铺起来的路段。但张团长已经发话了，曹大瓜岂敢违背！只有豁出血本，铺吧。

　　而今，张团长的那栋小白楼早已毁于战火。可曹大瓜为张团长铺的那段通往海边的大道仍在。而且，大道两边，早已经发展成繁花似锦的海滨城。

画

圈

　　随着自己的队伍日趋壮大，张大头便在盐区自立衙门，内设大堂，外派卫兵巡逻把守，打出维护一方平安的招牌，人模狗样地管起事来。遇到外来匪帮或日寇侵犯，他也能抵挡一阵子。赶上辖区内发生谋财害命或风流凶案之类，他三下五除二，也能断它个八九不离十。

　　这样一来，张大头在盐河两岸便有了一定的威望和地位。尤其是小日本两次入侵盐区，都被他领着弟兄们给打败了。为此，张大头功高自傲。反过头来，敲诈本地的商贾大户们，给他的队伍供粮、供草，出军饷。

　　张大头原本是一介武夫，打起仗来，英勇无畏，干净利落！他催要军饷也直截了当：一纸文书送下去，不交军饷，那就提头来见！

　　张大头手下有一个小文官叫汪四，戴副锈琅镜，外号"四眼狼"，他掌管着张大头的私人印章。催要军饷时，四眼狼根据张大头的口述，形成一个板板正正的"帖子"，叩上张大头的印章之后，再由张大头亲自圈定一下，所要的军饷，就算是拍板定案了。

帖子上，原本该写上他张大头的大名，可张大头不识字，每逢让他签名时，他就摸过笔，随手画个圈，完事。

可那个"圈"儿，一旦出现在帖子上，就证明是张大头亲自圈定过的，是合理合法的，谁敢违背，他张大头可就翻脸不认人了。

当时，盐河两岸很流行的一句话，那就是张大头的帖子——带响（饷）的。言外之意，他张大头向谁催要军饷，谁敢不从，他手中的"盒子"可就没了章法了。

当然，自封为一方父母官的张大头，也很注重自己的名分和形象。他手中的帖子虽然落地有声，可他很少随便乱来。只在每年的夏秋两季，地里的庄稼成熟了，他根据当年的年景好坏以及各豪门大户所拥有的地亩数，很"公平"地把当年所需的军饷摊派下去。特殊情况，比如前方战事吃紧，急需要增补钱粮，张大头再临时点派几家大户。必要时，他还会设宴款待那些对他有特殊贡献的大盐商们。

这一年，正值春荒不接的时候，日本兵又一次卷土重来，碗口粗的小钢炮，不分白天黑夜地"嗵嗵"往盐区这边发射，眼看就要攻下盐区了，张大头急召盐区有钱的商贾大户们，商定守住盐区的对策。原则上：有钱的出钱，没有钱的要多出粮

画圈高手
爱倒

忽而，他一把夺过
四眼狼手中的帖子，『叭』
的一下，拍在桌子上，
指着其中的一张，问四
眼狼：『你看看这个圈，
是我画的吗？』

草。轮到具体某个人头上时，张大头也容不得大家争辩了，干脆以他的帖子为准。

盐区的有钱人家接到张大头的帖子，都不敢有丝毫的迟缓，如数将帖子上所列的钱粮送达指定地方。否则，在那种刀光剑影的危难关头，土匪出身的张大头，可真要大开杀戒了。可偏偏就在这时刻，盐河口宋家银铺里的老板娘，接到帖子后，竟敢冒死来找张大头评不是。

原因是，宋家银铺接连收到两份帖子，店老板感到蹊跷，来找张大头论断。

张大头看过那两份帖子，忽而高唤一声："汪四，你给我过来！"

四眼狼战战兢兢地从一旁的书房中跑出来，张大头恶狠狠地瞪了他一眼，又瞪一眼，猛将手中的帖子甩到他的脸上，质问他："你看看，这是怎么回事？"

四眼狼两手抖颤地拣起飘落到地上的两份帖子，额头上立马滚下了豆粒大的汗珠子，汪四连声辩解，说："重了，写重了！"

张大头两手反剪在背上，来回吹胡子瞪眼地走动着，忽而，他一把夺过"四眼狼"手中的帖子，叭的一下，拍在桌子上，指着其中的一张，问四眼狼："你看看这个圈，是我画的吗？"

四眼狼不敢说是，也不敢说不是。但他猜到张大头看出他做假的破绽，一时间，四眼狼只感到两腿发软，"扑通"一下，就倒在地上了。

原来，张大头画圈时，看似简单，就那么一比画，可这其中的学问，无人知晓！正常行文时，他顺时针画圈；可一旦向下面催要军饷时，他是反着画的。

张大头当着一旁卫兵在场，他没有说出这个秘密，但他容不下四眼狼在他的眼皮底下玩奸计，怒吼一声："来人，给我拉出去！"

张大头还没说怎样处置他呢，四眼狼就吓得屎尿屙在裤裆里了。

寻
仇

　　张大头驻扎盐区的时候，他手下已经发展成一支挺像样的队伍了。当初跟随他打打杀杀的那帮乌合之众，而今，摇身一变，换上了清一色的黑衣裤、黑腰带、黑皮鞋、黑色的皮手套，唯有裹腿和大盖帽的压口是白色的。盐区人叫他们"白腿的黑狗子"，也有人叫他们"黑狗子""白腿兽"。他们打着地方驻军的旗号，以维护盐区治安为名，堂而皇之地来到盐区，蛮横无理地选沈家祠堂为他们的大本营。

　　沈家祠堂远离盐区，又与盐区唇齿相连。那片青砖黛瓦、雕梁画栋的高大建筑群，若隐若现地坐落在盐河上游一片茂密的林子里，前后三进院落，四周圈有三人多高的围墙。一条两丈余宽的沙塘路，从繁华的盐区蜿蜒而至，一直延伸到绿林深处。那条看似普通的路，是前些年沈家大公子沈达霖回乡祭祖时，盐区的地方官专门为其修建的一条官道。沈家以此为家族的荣耀！

那女人思量了半天，忽而摸过灶边做豆腐用的一碗盐卤，脖子一昂，灌下去了，随后，便一命呜呼！

张大头初到盐区，不问青红皂白，一眼就相中了那片绿树掩映的庄园。他告诉身边的副官，说："好啦，好啦，就是它了！"

当时，沈家的老太爷沈万吉就陪伴在张大头身边。他面对一身戎装、身挎双挂"盒子"的张大头，没敢说那是他们沈家的祠堂，外人不得随意踏入。但是，深谙世道的沈老太爷，还是闪烁其词地提醒张大头，说："张团长，那个院落，是我们沈家供奉祖宗、训导子孙的地方。"

张大头轻"嗯"了一声，显然是不高兴了。

一旁的沈老太爷没再吱声。

张大头随之大手一挥，说："本官就看中它了！"

然而，等张大头领着队伍真刀实枪地开进沈家祠堂以后，看到沈家供奉的列祖列宗以及沈家当今在世的名人录时，那位看似一介武夫的张大头，瞬间产生了几分敬畏之感。他告诫身边的人，只借此处安营扎寨，不许破坏祠堂内的一草一木，更别说祠堂内那至高无上的牌位了。张大头派人转告沈家，他们家随时都可以前来祠堂祭拜祖宗。

这样一来，沈家老太爷每逢初一、十五，照例带着子子孙孙，浩浩荡荡地前来祠堂祭拜列祖列宗。其间，沈老太爷还要煞有介事地搬出《家训》，摇头晃脑地训导子孙，要知书达礼，勤俭持家，永葆沈家世代兴旺。

刚开始，张大头看到沈家如此兴师动众地前来跪拜祖宗，误认为沈老太爷那是故弄玄虚，以此显示他们沈家在盐区的显赫地位。他甚至觉得沈家大张旗鼓地前来祭拜祖宗，与他张大头领着队伍每天早晨出操、晚上列队在盐区巡防并无两样。无非是个显摆而已！

可后来的某一天，张大头突然悟出其中较为深奥的道理，他觉得沈家老太爷不厌其烦地领着子孙，按部就班地前来跪拜列祖列宗，并非像他张大头领着队伍出操那样例行公事。沈家祠堂里供奉着沈氏家族中的列祖列宗以及家族中引以为荣、地位显赫的名人录。以此激励沈家的子孙们再创千秋辉煌。

由此想来，他张大头能有威风八面的今天，他又该感激谁、拜祭谁呢？是爹娘吗？显然不是，张大头是个孤儿，他生来就没见过爹娘长得是什么样子，以至爹娘的尸骨现在何处，他都无处寻觅。

在张大头童年的记忆中，只有故乡破庙旁边田寡妇的热豆腐。

想到田寡妇的热豆腐，张大头猛一拍脑门子，产生了一个感恩的计策来，他高声喊来门口两个正在执勤的卫兵，就地用石子、瓦片画出他家乡的标识，吩咐两个卫兵连夜奔赴他的家乡，去村西破庙旁边寻找那个卖热豆腐的田寡妇；随后，他又指派手下的副官，尽快在沈家祠堂的后院里，腾出两间亮亮堂堂的大房子，安置好桌椅床铺，他要像沈家人供奉祖宗那样，以此来供奉那个造就他今天事业辉煌的田寡妇。

三天后，两个前去寻找田寡妇的卫兵回来了。

张大头问："人呢？"

两个卫兵吞吞吐吐地说："死了。"

"死了？"张大头不解其意，瞪大了两眼，问："怎么死的，何时死的？"

两个卫兵如实招来：他们找到田寡妇以后，对方一听说当年的大头娃娃，现如今的张团长要请她到盐区去，那女人思量了半天，忽而摸过灶边做豆腐用的一碗盐卤，脖子一昂，灌下去了，随后，便一命呜呼！

张大头静静地听完两个卫兵的诉说，陡然，勃然大怒！他惊吼一声，怒指着自己的鼻尖，责问那两个卫兵："谁让你们报出我的名字的？"

说话间，张大头怒不可遏地从腰间拔出"盒子"，左右开弓，"啪！啪！"两枪，把两个卫兵给搁在地上了。

张大头哪里好说，当年，他离家出走的原因，是他偷吃了田寡妇家的热豆腐，被田寡妇发现后，用棒棍将他追逐出村寨。此后，张大头四处流浪，后期做了土匪，以至混上今天这身戎装，成为盐区威风八面的"草头王"。

而做上"草头王"的张大头，在盐区看到沈家人如此敬重祖宗、珍惜来之不易的美好生活，他也涌起了一腔感激之情。想把当初将他追逐出村寨的田寡妇当作"恩人"来敬奉着。

没料到，田寡妇得知当年的大头娃娃，而今坐上匪寇之首，且派人来寻找她，心想一定是寻仇来了！惊恐之中，她服卤自尽了。

笑

刑

笑为快乐之举，何刑之有？

非也，张大头在盐区执政期间，偏偏创造出此种怪异的惩罚方式。它让人在欢乐声中，去感受痛苦，接受制裁。乍一听，误认为是今天引以争议的安乐死。其实不然，安乐死是结束生命的一种非痛苦手段，而张大头使用的笑刑，则是违背个人意志的一种强迫欢笑，它比正常受刑更为残酷！

张大头一介武夫！做事没有章法。凡事由着他个人的性情来，遇到棘手的案件，他懒得升堂问罪，手中的"盒子"咔咔咔地一比画，轻者打板子，重者剜眼睛、割鼻子，滥用酷刑。赶上他心情不好时，几句话说得不对路子，拉出去一枪崩掉，也是常事。

一时间，张大头误判了不少案件，错杀了不少好人！上头追查下来，差点毁掉他的前程。由此，张大头意识到自己以往的过错，再抓来人犯时，干脆来了个一百八十度的大转弯，一不动刑，二不骂娘，而是想法子引逗对方欢笑。这在张大头看来，是善意之举，不会再出差错了。

于是，张大头创造出了笑刑。

笑，有微笑、欢笑、开怀大笑等多种笑法。而张大头的笑刑，也分三六九等。最简单，也是最为快乐的一种，是帮助你去找乐子——领你看戏去。

张大头是个戏迷。

抓来人犯，张大头上下打量一番，先不问其是否有罪，而是笑哈哈地拍其肩膀，如同见到自家兄弟一样，领你到剧院看戏去。期间，一场大戏看下来，对方若能随着戏中的剧情欢笑而欢笑，散场之后，他问都不再问你，手一挥，放你走人。

张大头的这种做派，类似于今天公安机关应用的测谎仪。在张大头看来，所抓来的人犯，能陪他煞有介事的看戏，压根儿就没啥心理障碍，自然不会是本案的真凶，无须跟他多费口舌。

反之，倘若对方面对一场欢乐的大戏，仍然心事重重，愁眉不展，那就要带到大堂上问个明白了。大堂上审案的方法同样是逗你欢笑。但，此时的欢笑，陡然升格！由他手下的王副官给你动用各种难以忍受的笑刑。

王副官从民间讨来很多取笑良方。比如，选用茅草尖儿，戳弄人的鼻孔、耳眼；找来坚韧的动物鬃毛，抓挠人的腋窝、掌心儿，让你在"哈哈"大笑声中，去品尝那种浑身抖颤、抽搐、

笑刑

张大头好像就盯上
王副官，他笑哈哈地晃
动着一只白胖胖的大手，
指着王副官的鼻尖儿，
说：『就是你吧，王副
官。』

钻心之痒的滋味。最为刁钻的是，牵来小狗、小猫、或老山羊来舔食你的痒痛之处。那种怪异之痒，能让人痒得死去活来。

张大头这种做法，谁能说它是一种刑罚？明明是逗你欢笑嘛。可领略过张大头笑刑的人无不感叹，那是一种能让你乐疯、笑死的酷刑。

张大头如此缺德，用盐区人诅咒他的话说：此人，必得报应！他家中养着七八房丰乳肥臀、花枝招展的姨太太，竟然没有一个给他生下一儿半女。张大头曾为此苦不堪言！

这年秋天，张大头的爱妾七喜，突然爱酸爱辣，恶心呕吐。请来郎中一把脉，居然奇迹般的有喜了。这让年过半百的张大头喜出望外。当即杀猪宰羊，大摆酒宴，犒劳他身边的弟兄们。

喜宴高潮时，醉意滔滔的张大头突发奇想，连连招手，把王副官的招呼到身边，说："王团副，来点乐子，助助兴！"

王团副猛一愣怔，心想，此时大家划拳喝酒，本身就是高兴的事，还找什么乐子呢。

张大头说："找个人，乐和乐和！"

王副官明白了，张大头是想找个人，挠其痒，从中取乐。往日，王副官经常这样逗弄他手下的士兵。可今天，张大头好像就盯上王副官，他笑哈哈地晃动着一只白胖胖的大手，指着王副官的鼻尖儿，说："就是你吧，王副官，平时，都是你逗人家乐，今天，你也来乐一回给弟兄们看看。"说话间，张大头一挥手，几个卫兵就围过来了。

　　王副官连声呼喊："不能呀，团座，不能！"

　　那几个平时吃过王副官苦头的卫兵，不由分说，上来就把王副官给架到院外，绑到一条宽宽的长凳上了。随后，扒去他的鞋袜，将脚心里涂上浓浓的盐水，牵来一只老山羊，让他接受舐足之痒。

　　舐足之痒，是笑刑中顶级的一种，也是最为残酷的一种！老山羊的舌头，看似粉粉嫩嫩，可它舐食到人的脚心时，如同千万只小毛虫在脚心里蠕动，奇痒难耐！嗜盐如命的老山羊，一尝到脚掌上的盐味，便会更加拼命地舐食，舐到最后，能把脚心舐破，直至流出汩汩鲜血，仍然奇痒无比。

　　如此笑刑，一般人等不到山羊舐破脚心，便会疯笑狂嚎，"乐"不欲生！

　　可那一天，王团副被绑到凳上以后，大家很快又回屋里喝酒去了，任他一个人在窗外声嘶力竭地笑嚎，无人问津。

　　回头，大家酒足饭饱，再来看王团副，那家伙已经乐得晕厥过去了。

　　张大头见状，自言自语地说："奶奶的，笑话闹大了，这家伙是不是乐死了！"可张大头积压在内心的话，对谁都没有讲，他怀疑七喜与王副官对自己不忠。今儿，老子就是要给他点颜色看看，奶奶的！随后，张大头照王副官的屁股上踹了脚，喊呼一旁的卫兵，说："好啦，别乐哈了，快把你们王副官抬回去吧！"说完，张大头打着饱嗝，无事人一样，回到内堂去了。

打
牌

打牌，这原来是大东家茶余饭后很乐意的事。

可伪县令张大头和他那个鬼精的小妾七喜，名义上是请他大东家来打牌，实则是专门掏他腰包来了。

他们打的纸牌，窄窄长长的，外行人一看，全是黑乎乎的一片，其实里面根据黑点的形状和黑点的多少，而决定着牌大牌小。并且，每一种黑点形状里有多少张牌，精明的持牌者，可根据桌面上丢下的牌数，能估算出各家手中还有多少。慢慢地玩好了，同样是很有意思的。

比如玩"歇单家"，明明是四个人坐在桌前玩牌，可真正玩牌的就是三个人，另一个人，轮番歇在那儿。别看歇在那儿的人没事干，他可以摆脱当局者迷的圈套，以"相斜头"的方式，独看一家牌，并帮助出谋划策。

这期间，不管对方是否听取他的建议，他都可以从中学到牌技！但"歇家"不能脚踩两头船，看了左边的牌，再去指点右边怎样出牌。那样，是要遭人唾弃的。

可张大头偏偏就是那样的人。一轮到他歇牌，那好啦！他看了左家，再看右家，直到把大伙手中的牌都看透彻了，再去指点七喜，怎样去赌大伙儿的银子。

大东家看不惯张大头玩牌的那个德行，可他也没有办法。他盐区上千号盐工打架闹事，还指望他张大头去给平息哩！你不把他张大头玩高兴，他能管你的事吗？只好多赔些银子，讨他个高兴吧。

这天晚上，外面正下着小雨，大东家和四姨太又被张大头和七喜邀来打牌。一进门，卫兵们递上毛巾，正要给大东家和四姨太擦脸哩，大东家却一抢胳膊，说："打牌打牌！"好像他大东家早就盼着来打牌似的。

七喜、张大头陪其左右，四姨太坐在大东家对面，一副黑乎乎的纸牌，又在他们四双白嫩如玉或干枯如枝般的手中抓开了。

大东家手头慢，每抓一张牌，总要伸出两个指头，往舌头上湿湿，朝牌上轻按一下，将牌拖到跟前，再翻开来插在手上，七喜坐在他的下家。有时，也坐在他的上家，总要不停地催他："快点，快点呀！我的大东家。"

不管怎样说，大东家的动作就是那样，想快也快不起来。张大头有时等不及了，也会冒出一句："好歹凑合玩吧！"也就是说，要不是看上他大东家手中有两个银子，他才不去陪他消磨时光。

可这天晚上，大东家和四姨太冒雨赶来，原想是玩个通宵的。可牌一上手，少了两张。各自数手中的牌，还是少两张。

东家指着七喜跟前的牌盒，说："你看看，是不是落在牌盒里了？"

七喜扑闪着一对媚眼儿，一手持牌，一手去抖那牌盒。

没有。

"这是怎么搞的？"张大头四下里张望，尤其是牌桌底下和牌桌四周。

四姨太因为是"歇家"，她根本没有抓牌。但她就在张大头四处张望的时候，也站起身帮着四下里寻找。

可不管怎样寻找，就是丢了两张牌。丢掉两张牌就不好玩了。

大东家那晚的兴致极好，很想找到牌，两家一起玩个通宵。他始终把刚才牌桌上抓到的牌攥在手里，先是劝大家不要着急，再慢慢找找看。等大伙儿都找不到牌，都很失望时，他又问七喜："还有没有牌啦？不行，重新换一副？"

七喜没说家中没有别的牌了，接着自言自语地嘀咕说："好好的牌，怎么就丢了两张呢？"

大东家两眼也往地上找，还帮七喜抖桌上的牌盒，结果，就是找不到丢失的那两张牌了。

张大头等得不耐烦了，把手中的牌往桌上一扔，说："算啦，

返回的马车上，四姨太忽而看到大东家从袖口里抖出两张黑乎乎的东西，「嚓嚓」撕成八瓣，甩手向车窗外的雨地里一扔。

算啦！"

四姨太说："要不派人出去买？"

大东家说："这深更半夜的，外面又下着雨，还是慢慢找找吧。"

张大头被他们找来找去的，早没了牌兴，冷坐在一旁的沙发上，猛不丁地冒出一句："算啦算啦！"随后，招呼一旁的卫官们给大东家上茶。

大东家喝了两口茶，看七喜和四姨太还没有找到牌，张大头的脸色又不是太好看，便起身告辞了。

返回的马车上，四姨太忽而看到大东家从袖口里抖出两张黑乎乎的东西，"嚓嚓"撕成八瓣，甩手向车窗外的雨地里一扔，气狠狠地骂了一句："奶奶的！"

合
葬

三里不同音，十里变风俗。

盐河两岸，一河之隔，却有着南蛮北侉之分。土匪张大头生在盐河北，可他起家之后，却盘踞在盐河南，常挂在他嘴边的一句话，就是"奶奶的"。这是典型的盐河北面的侉语。

张大头穷苦人出身，初入匪道时，他仅仅是个提茶、倒水，帮助匪爷们掏耳朵、挠脚癣的小伙计。后来他揭竿而起，带走一帮兄弟，驻扎到盐河南，等他抢占了盐都县衙以后，他已经不是一般的草头王了，有句顺口溜："张大个，盐区王，队伍一拉十里长。"说的就是他张大头。由此可见，张大头坐守盐都县衙的时候，手下已有像样的一支队伍了。

当时，盐都县城为盐区首府所在地，每五天逢一次大集。每到集日，盐河两岸的百姓们都要车推、肩挑、手提着四时八节的新鲜的蔬菜、瓜果、鸡鸭以及各类食物、用物、牲畜，云集到此进行交易。其中，有相当一部分是盐河里刚刚捞上来的鲜活鱼虾。期间，倘若买卖双方发生争执，一听对方口音，是盐河北岸的侉子，即使自己有理，也不敢大声跟侉子争执了。原因是，侉子的身后有张大头给撑腰，打起官司来，无异于自找倒霉。

张大头那家伙，身为土匪，可他极恋故乡情结！盐河北面过来个乞丐、傻子，他都让卫兵们端碗热汤，送两块烧饼过去。更别说乡里乡亲的找到他打官司告状了，那可是一告一个赢。

日子久了，盐区的百姓，无人敢惹盐河北面的侉子。而盐河北面来的侉子，懂得城里有张大头给他们做后盾，更加得意忘形了！集市上，侉子们强买强卖的事，时有发生。干起架来，就连街上执勤的卫兵，都左右不了那些满嘴"奶奶的"的侉子。

一时间，莫大的盐区，悄然流行起侉语来。集市上，蒸米团的、烤鱼片的、玩杂耍的、拉洋车的、剜鸡眼的，甚至连那些开了几十年"老字号"店铺里的伙计们，全都"奶奶、奶奶的"侉起来了。

无奈何，这是大势所趋！说侉语的人，受张大头的保护，如同大清朝的旗人一样，属于贵族，无人敢惹！这在那个特殊年代的特殊地域，是一件很无奈的事儿。更为离奇的是，老街上，有几家私塾学堂，还专门请来侉语先生教课，相当于今天推广普通话一样来推广侉语。可见，当时张大头在盐区执政时，是何等的祖护他故乡的侉子。

接下来发生的一件事情，同样是张大头祖护侉子的故事。

可听起来多少有点儿离谱了。

一年夏天，张大头为捉拿一伙贼寇，带着队伍，追赶到盐河北岸去。路过他的家乡北沙岗子时，正值骄阳似火的午后。当时，卫兵们历经长途跋涉而来，再加上当午的大太阳火辣辣的蒸烤，个个蔫头耷脑得没了精神。而张大头本人虽然骑在马背上，也是汗流浃背，饥渴难耐。

恰在这时，前头出现一片绿油油的瓜地。弟兄们望梅止渴一般，不由得加快了脚下步伐。但此时没有张大头的命令，谁也不敢轻举妄动。因为，那是张大头的家乡。

谁也没有料到，就在大家望瓜恋步的时候，有一个年轻的小战士实在耐不住甜瓜的诱惑，竟然壮着胆子，磨磨蹭蹭地落在队伍后面，正当他弯腰下蹲时，忽而被张大头发现了。

刹那间，张大头气不打一处来，心想：奶奶的，这小兔崽子，真是吃了豹子胆了，敢在我家乡胡来！说时迟，那时快，只见张大头甩手一枪，头都没回，飞出一颗子弹，正中那个小战士的后脑勺。

随后，张大头召集队伍，正要以此为戒，来警告他的弟兄们。忽然，发现那小家伙死时，双手正扯着松开的草鞋襻儿。原来他不是去摘瓜，而是脚上的鞋襻儿开了。

张大头知道他错怪了那个小弟兄。但此时，在众弟兄面前，张大头仍然一副威武不屈的样子，他让弟兄们列队站好，整齐的行过军礼之后，他本人则木然地骑在马背上，看着他手中正冒青烟的"盒子"，轻轻地吹一口气儿，自言自语地说："奶奶的，走火了！"就算是告慰那个小战士：对不起了，小兄弟！

随后，张大头让卫兵们就地深埋了那个小战士。之后，他头一扬，又带着弟兄们上路了。

张大头是什么人，土匪！地地道道的土匪。他错杀误杀个把人，对他来说，如同碾死个蚂蚁一般，算不了什么。

正因为如此，盐区解放以后，人民政府镇压了张大头，并决定对他执行枪决。张大头一看自己的死期已到，没做任何申辩。但他临上刑场前，他提出一个请求：他要死在自己的故乡——与那个被他误杀了的小战士葬在一起。

对此，有人说，张大头一生作恶作多端，可他对家乡人护爱有加。死后，他要与那个小战士葬在一起，就是想告诉后人，他张大头对故乡人还是有情的呀！

杨

爷

　　杨爷大名杨大，真名没人知道了。但说起喊街的杨大，无人不晓。喊街，俗称耍劈刀子的。说到底，那也是一门讨饭的营生。好在盐区那地方，地碱人邪，讨饭的也是爷。

　　盐区每五天逢一场大集。每到集日，杨大便出来喊街。

　　杨大喊街，并非真用嗓子高喊什么，而是两手把玩着几把刀子，如同小孩子摆弄什么有趣的玩具似的，沿街"叮叮当当"地敲打着刀片，一路悠然自得地走过来。他时而，也玩个花样，将手中的刀子接二连三地抛向空中，随之拧个腰身将其一把一把稳稳接住。那架势，如同街头耍杂技的。但杨大那刀技可不是白耍的，他是玩钱的。杨大专门选在摆小摊的商贩前舞弄他的刀功，招来围观者鼓掌喝彩。期间，谁若与其叫板，他便一刀子划破自己的头皮或手指，那猩红的鲜血，就像礼花一样，瞬间绽放在你的摊子上。此时，赶上卖鱼、卖肉的摊点还算好，他们本身就是做血腥买卖的，再多他几朵"礼花"也不为过。

问题是，若赶上那卖豆腐、凉粉的就惨了，他这边一注鲜血喷溅到你那白生生的热豆腐上，那白中见红，比红中见白都显眼，整筐的豆腐可就全砸了。

所以，但凡来盐区集市摆摊的，一看到杨大来了，或听说杨大从那边过来了，立马就去兜里掏银子，不等他靠近自个的摊点儿，就把一串"哗啦啦"的响银给他递上了。杨大道一声"谢谢"，你就算平安无事。倘若你给他呈上银子了，杨大仍旧面无表情地站在你摊前不走，那就来事了，你给的银子，尚未达到他的心里价位。他杨大又不是没长眼睛，你是做什么买卖的，铺面有多大，生意是否红火？杨大心里一兜数。原本该赏他十个铜板，你却给了他仨，明显是瞧不起他杨大，那能行吗？那样的时候，杨大的刀板就响了，口中随之念道：这两集我没来，听说大哥发了财。大哥发财我沾光，大哥吃肉我喝汤！说到我喝汤时，你再没啥表示，他一刀子就把自己的皮肉划开了。

那种白刀子见红的场面，令外人心惊肉跳，毛骨悚然。但对杨大本人来说，也不是什么大不了的事情，他自备了止血药，随手往刀口上捂一把药粉，立马就把血止住了。再者，你看他是一刀子深深地扎进肉里去了，其实，仅仅是划破一点表皮，他那刀尖是夹在指缝里的。但看上去鲜血直流，怪吓人的。那都是讹你钱财的。你这边把钱给他，他那边转过身去就擦干了血迹。

有时，碰上硬茬子，杨大也不孬种，他真敢豁出命来跟你

他时而，也玩个花样，将手中的刀子接二连三地抛向空中，随之拧个腰身将其一一稳稳地接住。那架势，如同街头耍杂技的。

玩。他左边那只秃耳朵，就是他自己一刀子割下来的。一般情况下，杨大不那样跟你恶斗。他原本光棍一个，每天能让他混饱肚子，他也就不闹腾了。

这一年冬天，天气出奇的冷。一进腊月，纷纷扬扬的大雪，一场接着一场，最终还是把杨大那两间破草房给压塌了。杨大居无定所时，便把目光盯上了盐区首富吴三才。

杨大选在一个大雪封门的早晨，悄无声息地把自己"挂"在吴老爷家"天成大药房"的门上了。

杨大的那个"挂"，并非是在人家门前寻死上吊，而是把自己的一只手掌，钉在吴老爷家的那种道板门的一面木板上了。

清晨，天成大药房的店小二仍然像往常一样，一大早起来开门迎客，没想到搬过一道门板，再想启动第二块门板时，搬不动了，原认为夜里风雪过大，把门板给冻住了，随之晃动了两下再搬，还是搬不动。店小二便把脑袋伸出来，想看个究竟。没料到，这一看可不得了，门外正站着一个衣着长袍的血人，那人面部紧贴着门板，整个儿人如同一张刚刚剥下来的鲜羊皮似的，紧贴在东家的大门上，而且，一动不动。再看脚边，已流下了一大摊鲜红的血。

店小二顿时吓傻了，转身跑到内堂去喊吴老爷。

吴老爷赶过来一看，是喊街的杨大。吴老爷明白了，这家伙是来诓钱的。当下，吴老爷一面吩咐管家去账房拿银子；一面喊呼店小二："快，快把你杨爷手上的钉子给拔下来。"

　　店小二个头小，从屋里搬过一把凳子，刚要踩上去给杨大拔钉子。杨大却一脚把凳子给划拉到一边去，开口叫了一声"吴老爷"，随之说："吴老爷，你还是让我'挂'在这儿吧。"略顿，杨大又说："我感觉你家廊檐下，比我那两间破屋还要暖和。"

　　吴老爷一听，杨大今儿来，并非是讨要几个银子就了事的，而是想修缮他的住房。想必，今冬寒流来势凶猛，杨大那两间破屋难抵风了。吴老爷当下答应给他修缮住房。

　　杨大把吴老爷的话接过去，问："吴老爷，一言为定？"

　　吴老爷说："一言为定。"

　　杨大说："那我就回家候着了。"说话间，就看杨大胳膊一缩，那只钉在门板上的血手，瞬间脱离了门板上的钉子。

　　原来，杨大压根儿就没把钉子钉在手上，他只是用指缝夹着一根钉子。至于他头上、脸上、胳膊上以及地面上的斑斑血迹，那是他用鸡血或是羊血做的假象。

　　尽管如此，杨大走后，吴老爷还是派人去给他修缮房子了，并叮嘱工匠，就手在杨大的屋内给他支上火炕。

　　吴老爷家大业大，骡马棚里的草料少添两口，就足够打发他杨大高兴了，何必去跟他一个无赖计较。话再说回来，倘若吴老爷言而无信，他杨大下次再来，一准儿就把自己的手掌给他钉在门上了。不信，试试看。

沈大少

沈大少，叫全了本该是：沈家大少爷。只因为沈家昔日辉煌已去，这沈家大少爷就变成了——沈大少。其中的一个"爷"字没了，其身价也就没了。好在祖上留下的两条南洋船还在他手上玩着。

盐区人说的南洋，并不是地图上标的南沙、西沙、海南岛，而是指远离盐区南面的海洋，大概是指上海吴淞口或舟山群岛那一带。那里的水温相对苏北盐区来说，稍高一点。每年春冬两季，鱼虾来得早，去得迟。

早年，盐区的许多大渔船在本地海域捕不到鱼虾时，就三三两两地组成船队，到南洋一带海域去捕鱼。

盐区，能到南洋捕鱼的三帆船，数得着的就是沈大少手中的两艘大船。

沈家鼎盛时，日进斗金！大小船只几十艘，盐区下南洋、跑北海的船队，每回都少不了沈家的大船。可到了沈大少这一

沈家鼎盛时，日进斗金！大小船只几十艘，盐区下南洋、跑北海的船队，每回都少不了沈家的大船。

辈，黄鼠狼下小耗子，一代不如一代了。

那个看似白白胖胖、长得富富态态的沈大少，别的能耐没有，典当起家产来，一个赛俩、顶仨！老祖宗给他留下的那点家底子，没等他小白脸上吃出胡须来，就已经差不多水干见底了。后期，那小子迷上了花街柳巷，家道算是彻底败落。好在，祖上留下来的两艘保命的南洋船，沈大少始终留在手上，小日子照样过得有滋有味。

沈大少虽然有船，但他本人不玩船。

沈大少把他的船雇给别人到南洋去捕鱼，他在盐区坐享其成。

每年春季，大多是春节刚过，各地来盐区混穷的汉子，三三两两地夹着铺盖卷儿，在盐河码头上晃荡，等着有钱人家来找他们挖沟，修船，或是到码头上扛大包。沈大少就是在那样的人群中，物色到年纪轻、身板硬、力气大的汉子，领到家中，先问问人家会不会玩船，得到的回答是会，或是还可以。沈大少就酒饭招待。

沈大少会吃，也会做，他把肥膛膛的猪头肉，切成小方块，拌上翠绿的大葱片，浇上姜汁、香醋，撒上盐沫，放在一个黑红的瓷盆里，上下一搅拌，喊一声："爷们，把我床底下的'大麦烧'搬出来！"

已经在码头上饿了几天的穷汉子们，一见到沈大少的猪头肉、大麦烧酒，外加香喷喷的麻底饼，一个个甩开腮帮子，大吃大喝一通。

沈大少来回斟酒，递烧饼，笑呵呵，乐颠颠，时不时地也弄一块猪耳干在嘴里"嘎嘣嘎嘣"嚼着。

回头，大伙儿酒足饭饱了，沈大少丢上一副黑乎乎的小纸牌，神仙一般，悠哉悠地让大伙陪他摸两把。

那纸牌，沈大少不知摸过多少回了，窄窄长长的，猛一看，黑乎乎的一片，仔细辨认，好多牌都有了残角卷边，有的，还在背面掐了指印子。

那些，都是沈大少爷摸牌的"彩头"。

沈大少哄着那些初来乍到的异乡汉子："来吧来吧，摸两把，输赢都没有关系。"等大伙儿真的跟他坐上牌桌，沈大少就会从茶桌底下，拿出他早就准备好的纸和笔，晃动着一双白胖胖的大手，指指点点地说："记账，记账，待你们南洋归来，统一算清。"

那样的时刻，能坚持跟沈大少玩牌的人，大都酒劲上来了，晕晕乎乎的只想打瞌睡，顾及不到沈大少在牌上做了手脚，一个个迷迷糊糊地全都输给了沈大少。

沈大少呢，一边摸牌，一边安慰输牌的汉子："没得关系，没得关系的，到了南洋，你们好好捉鱼网虾，几天就捞回来了。"

说这话的时候，沈大少往往是食指蘸着口水，玩得正起劲儿。可陪他玩牌的人，谁也没有料到，这是沈大少用人的一个计谋。

　　你想想，牌桌上输了钱的汉子，跟船到了南洋之后，回想起自己在沈大少家吃的那顿肉菜酒饭，牌桌上迷迷糊糊输掉的冤枉钱，哪个不咬紧牙根，拼命地下网捉鱼虾，好把输掉的钱捞回来？这正好是沈大少抽取"油头"时所盼望的；而少数赢钱的汉子，大都是船上的掌舵人，想到沈大少还欠着他们的银子，无论大船开到天涯海角，也要想着返回盐区，找沈大少讨回银子呀。这又是沈大少放船给人家的一个抓手。

　　所以，每年沈大少雇用船工时，必须先领到家中吃一顿丰盛的肉菜，喝一场醉生梦死的老酒，玩几把众人皆醉我独醒的纸牌。

　　那样，一旦大船从南洋归来，沈大少搬出账本，三下五去二地扣掉船工们输给他的饷银，舒舒坦坦地过一段好日子。待下一次大船下南洋时，他再变本加厉，重蹈覆辙。

　　直到有一年，沈大少那两艘下南洋的大船一去不复返了，沈大少这才恍然大悟：纸牌玩大了——那帮王八蛋串通一气，驾船跑了！

玩画

沈大少玩画时，已经是沈家败落的后期。

那时间，沈大少是"卖布的掉了剪刀，只剩下了尺（吃）了"。每顿饭，只要能烫上四两"大麦烧"，口中嚼到"嘎嘣嘎嘣"脆的猪耳干，他就找回当年大少爷的派头了。说话，嗓门高了；走道，两边摇晃了！见人，还爱答不理的。怎么说，他也是沈家的大少爷。

盐河码头上，也正是因为有了沈大少爷这样落魄的富家子弟，才显出盐区的灿烂辉煌与文化底蕴的深沉厚重。各地来盐区的商家以及文人墨客们，谁敢小瞧盐区这地方？

异乡来盐区的人，用不着去猜测那鳞次栉比的吊脚楼几经沧桑，就瞧沿街店铺的招牌、幌子，看似龙飞凤舞，张牙舞爪，细辨落款，吓你一跳！哪个不是当今走红的大文豪所题，或已故的大家、名家留下的墨宝？

今日，说一处盐河人家的小酒馆。只因为店内押着沈大少的一幅古画，篷荜生辉了。一位异乡雅士来此打尖，猛然间看到那幅"一江一翁一轻舟"的画面，顿时就愣在那儿了，那人凝视良久，慢慢放下酒杯，木呆呆地喊来店家曹老六，问："此画从何而来，是否出售？"

老六目不识丁，凡事听他女人曹氏的。但他知道那幅画是沈大少欠下饭菜款，拿来抵债的，如同自家的画一样，若能卖个好价钱，当然好喽！所以，客人问起那幅画的价钱，曹老六赔了个笑脸，回到内堂，如此这般地说给他那位略通文墨的曹氏。

曹氏早已注意到那位雅士，并从他点的那几盘极佳的菜肴上，看出此人身份不一般。此番，老六谈起那人欲购此画，曹氏心中暗喜！撩开帘子，张望了一眼，吩咐老六："请他到内堂来。"

老六领来那位客官，递一杯热茶，很快又退出去，他深信夫人应酬算计远胜于自己。

果然，那位客官落座之后，女店主避重就轻，并未急着谈画，而是笑问客官何处来，又要到何处去。当她得知那位客官是头一回来盐区时，曹氏嘘叹一声，说："哟！那可要好好玩玩，我们盐区大得很，也好玩得很！如谢家的花园杨家的楼，都是很有些玩头的。"

曹氏绕了一大圈子，最后才提到晚清时，盐区曾出过一位高官，这也是夫人要卖此画的一个砝码。

一位异乡雅士来此打尖，猛然间看到那幅『一江一翁一轻舟』的画面，顿时就愣在那儿了。

那位客官把话接过去，说："夫人说的是沈达霖吧？"

曹氏笑笑说："你看中的那幅画，就出自沈家。"曹氏的话，就是要告诉对方，那幅画，来历不凡。

对方自然知道夫人话中的意思，沉默半天，说："出个价吧？"

曹氏窥视到对方购画心切，料定他是买家。曹氏平素不懂画，更不知道那幅画的真实价钱，但她毕竟是生意场上的人，于是含笑不语，问对方："客官独具慧眼相中此画，不妨先报个价？"

对方说："买卖历来是卖主定价，从无买家出价之理。"

曹氏说："今日有所不同，客官欲购我的画，不是我求客官买我的画，先出个价，有何不妥？"

客人从曹氏那平静、俊俏的脸上，看出眼前这个女人气度不凡，且精明老道，凝眉静思一会儿，开口报价："八百两？"

曹氏一惊！原认为能卖上三五十两银子，就是天价了。没想到这位客官开口就是八百两。

曹氏暗中思忖，对方是买家，肯定也是行家！既然他一口报出八百两银子，此画的实际价格，只在其上，不在其下。曹氏漫不经心地冲对方笑笑，说："客官，不瞒你说，若按你给的这个价。这幅画，早就不在此店了。"

对方说："你说多少？"

此时，曹氏不好再推辞了，她思量再三，食指与拇指，拉成一个"八"字，随之上下翻了一个跟头，示意给对方：两个八百两。

对方摇头，表示不能接受。

曹氏不依，手中的"八"字亮在半空，半天没有收回。

对方双臂抱在胸前，木木地看着曹氏，面无表情地又伸出两个指头，说："夫人，我再加二百两！"并告诉曹氏，这已经是满价了。

曹氏心中早已经满意，可此时，她还想让对方再加加码，轻摇着头，说："客官，你若真有诚意，请再加三百两！"

对方没再说啥，默默地从怀里掏出一锭白银，猛一下推到曹氏面前，说："就按夫人说的价，这是定金。"随后，嘱咐曹氏，请夫人先帮我把此画收好，两个月后，待我从南洋回来，一手付足银子，一手取画。"

曹氏默许。

客官嘱托再三才去。

此画看似成交，其实不然。那位客官并非真来购画者。他是盐区沈大少异乡请来的"托"。

原因是，沈大少欠盐河人家酒馆的银子太多，已经到了不再为他押画赊账的地步。沈大少不得已而为之。

不过，此举，效果蛮好！

之后两个月，沈大少每回去那家酒馆白吃白喝，曹氏夫妻都笑脸相迎。

诱画

　　沈万吉的大儿子沈达霖在京城做官时，盐区老家有位同窗好友千里迢迢找到他。此人姓郝，名逸之，沈达霖少年时的伙伴。他乡遇故知，异常高兴！沈达霖酒饭款待几日，自然要问他来京的意图。

　　逸之说："家乡那片盐碱地，不是咱文化人待的地方！"言外之意，他想在沈先生门下，谋点事情。

　　当时，沈达霖是邮传部的大臣，相当于现在邮电部、铁道部里的高级领导，手下管着不少事情。郝逸之也正是看中他手里的权力，才奔到他的门下。

　　沈达霖明白了，心想，此人是为了生计，赏他些金银，回去养家糊口，倒也无妨，只是给他多少才算合适呢？少了，不够他来回路途的盘缠；多了，他沈达霖可是京官呀，出手过于大方了，是否有贪赃之嫌？

　　想到此，沈达霖给郝逸之出了个主意，说："这样吧，逸之兄，京城这地方，是天子脚下，容不得半点差错。你到天津去吧，天津与京城唇齿相连，你到那边去谋点事情做做。"

郝逸之一听很高兴！以为沈达霖要安排他到天津去做官。可再听下文，郝逸之心凉了半截！原来，沈达霖是鼓动他到天津卫去开一爿小画店。

在沈达霖的印象里，少年时的郝逸之，水彩画画得相当好。

天津卫是北京的门护，码头地儿，养武士，也养文人，可谓是三教九流齐全的地段儿。但凡是买卖人，在此地捡块乱石头都能换来金钱。沈达霖劝郝逸之，拿出当初十年寒窗练就的笔墨功夫，到天津后好好作画，不愁没有饭吃。

沈达霖鼓励郝逸之说，自古以来，有人画竹，有人画马，咱们盐河边上的人，就画盐河两岸的垂柳、渔船。没准，这玩意在天津卫还能走俏呢！

郝逸之原认为沈达霖凭他官场显赫的身份，能为他在京城谋个一官半职。没料到，沈达霖给他当头泼来一盆冷水，一脚把他踹得远远的，让他到天津卫去开画店。

天津是什么地方？水碱土咸，能人如林！他郝逸之那两下子，能在天津卫那码头地儿立住脚，见鬼去吧！

当晚，郝逸之回到住处，半宿没睡，第二天一大早，正想收拾行李，回盐区老家。沈达霖却派人送来一封亲笔信，让他如此这般地到天津去找某某某。

接下来，沈达霖还派人陪同郝逸之到天津卫张罗画店开业的事，并亲自题写了"郝逸之书画斋"的铜匾招牌，让郝逸之在天津静心作画。沈达霖在书信中告诫郝逸之，说："书画这玩意，如同玩古玩是一个道理，没准是三年不开张，开张吃三年！劝他务必耐住性子，慢慢来。"

还好，画室开张不久，就有人找到郝先生的画店来，指指点点，看中了郝先生画的《盐河小渔船》。

这下，可把郝先生乐坏了！沈达霖知道后，也为郝先生的书画有销路而高兴。但他一再叮嘱郝先生不要急于求成，要力争把每一幅盐河画画好，为咱盐河人争点名气！

郝先生倍受鼓舞，尽管这以后的书画数量并不是太多，但每一幅，确实都画得很用功，而且，每一幅画都卖出了好价钱。

大约半年之后，郝先生的腰包鼓起来了，他想扩大一下门面，再招几个学徒。期间，他回了一趟盐区老家，把妻子、老母亲一起接到天津卫，画室里的两间门面房显然是不够住了。

郝先生二度进京，找到沈达霖，想在天津卫最热闹、最繁华的地段，买一处门面楼，他想把眼下的书画店，改成书画院，或书画学堂。

沈达霖听了，当即竖起大拇指，夸赞说："好！这才够咱们盐区人的大气派。"

郝先生从中也感悟到，他虽为落魄的穷秀才，可自从投奔到他沈达霖的门下，为他指点迷津，他才真正找回人生的价值！现如今，他能以《盐河小渔船》走红天津卫，将来，就不愁他

尚蒙在鼓里的郝逸之，一连打开十几幅画轴，每一幅都是他的《盐河小渔船》。

的《盐河小渔船》红遍紫禁城。

沈达霖看郝逸之踌躇满志的样子，慢条斯理地问他："这小半年，你到天津卫以后，前前后后，陆陆续续，一共卖出了多少字画？手头积攒下了多少银子？怎么敢如此兴师动众，想在天津卫买洋楼、建画院呢？"

郝先生在沈达霖面前自然不说假话，如实报出一串数字之后，沈达霖点点头，二话没说，拍拍郝先生的肩膀，领他走进他的卧室，指着墙角一大堆尚未开封的画轴，说："你看看那里面的画如何？"

至此，尚蒙在鼓里的郝逸之，一连打开十几幅画轴，每一幅都是他的《盐河小渔船》。

沈达霖告诉郝先生，天津卫乃至北京城里的官员们，都知道他沈达霖喜欢他郝先生画的盐河画。所以，但凡是有求于他办事的人，都不惜重金，购来他郝逸之的盐河风景画。

郝先生一听，半天无话。

当天，郝先生回去以后，连夜收拾家当，悄无声息地离开了天津。

状
元
坟

　　盐区没出过状元，但盐区却有状元坟，而且不是一座。奇了吧？敢情盐区这地方还是什么风水宝地不成？差矣！盐区就是盐区，四野一片白茫茫的盐滩、盐田、盐碱地，大风吹来，遍地盐硝四起，如烟似雾，漫天狂舞。俗语说"兔子都不拉屎的地方"，偏有状元坟在此地耸立。

　　盐区志记载，泰和洋行大掌柜杨鸿泰家的小儿子杨世保自幼习武，力大无穷，十二岁时能扳开牯牛顶角；十七岁县级童试中武秀才，二十一岁到江宁府参加乡试，坐上武举人的头把交椅。

　　常言说：文无第一，武无第二。天下文人，谁敢说谁比谁的文章写得好？可这武字行里，不讲文人的那些酸文臭理，比的是硬拳头，真功夫！是骡子是马，拉出来遛遛，少则三拳两脚，多则三五个回合，自然就见分晓了。谁的力气大，功夫深，拳头硬，谁就是英雄，谁就披红戴花，站在高处，迎来喝彩；谁被打趴下了，谁就是草包熊包，没能耐，靠边凉快去。

杨世保得了武举人的殊荣后，再回到盐区来，整个盐区都沸腾了。那还了得，武举人，莫大的江宁地盘上数第一。荣耀，自豪，整个盐区人都跟着长了脸面。

杨家老太爷在盐区的地位，陡然间高抬了八个帽头。州府县衙里的红顶官人们，全都备着丰厚的彩礼前来道贺。杨家大院里，连续三天张灯结彩，大摆宴席，宴请八方来客，好不热闹。

按理说，杨家人有了如此高的荣誉、地位，该满足了。不行，人往高处走，水往低处流。得了武举人的杨世保，更加憋足了劲儿，想去摘取天子手中那顶更加耀眼夺目的桂冠——武状元。

功夫不负有心人，三年后，天下武举进京会试，杨世保一路棍棒刀枪比下来，场场都拿了头彩。最后一关，皇上亲临武场——定状元。

那场面，惊心动魄，别出心裁。

待选的武状元，和官方签过生死状后，与一只几天都没进食的猛虎，同时放进一个四面可以围观的池子里。彼此，展开生死搏斗！能与老虎斗智斗勇，并以你的高强武艺，将老虎制服，或当场打死老虎，你就是当之无愧的武状元。如果，你在那场人虎斗中，伤筋断骨，或葬身虎口，朝廷发给你和你的家人一笔丰厚的抚恤金，也就无状元可谈了。

这正是"武没第二"的残酷所在。

杨世保自小生长在盐区，从未见过野性十足的豺狼虎豹，

状元坟
爱国

杨世保一路棍棒刀
枪比下来，场场都拿了
头彩。最后一关，皇上
亲临武场——定状元。

定状元的那场人虎斗中，他只凭着一身胆气和过硬的武功与老虎硬拼。结果是，一个闪身没有把握好，反而被凶猛的老虎双掌扑倒。

次日，"八百里加急"送至盐区——传杨家人进京领尸。

顷刻间，杨家大院，一片哭嚎。一直在家静候佳音的杨老太爷，没料到等来的却是儿子葬身虎口的噩耗。大悲之后，杨老太爷决定厚葬这个曾经为杨家带来荣耀和辉煌的小儿子。

那时间，杨家正是事业旺盛时期。黄海边，上百里海岸线上，都有他们杨家的盐田和泰和洋行的分店，可谓富甲一方！再加上儿子为定状元而死，官府发给一笔数目不小的饷银，杨老太爷在进京搬尸时，沿途安排家丁，在一溜沿海，挖下多处墓穴，以防厚葬后，遭盗墓贼挖掘。

数日后，也就是杨老太爷将儿子的尸骨搬出京城，前后抬出七七四十九口规格、颜色、大小统一的厚厚棺材，沿途依次安葬时，动用骡马运土，堆至山包一般。而且，七七四十九个坟包，全都一模一样。具体哪一座坟包中葬着武状元的尸骨，只有杨老太爷一个人知道。

遗憾的是，杨老太爷指挥人葬完七七四十九个坟包后，因过度劳累和悲伤，回到盐区，没等说出坟包的真相，暴病而死。

至今，谁也不知道当年的武状元到底葬在何处。盐区虽有座坟包称之"状元坟"，但十之八九，里面是空的。

船
家

　　盐河里船家有两种：一是以船为家，老少儿代人，吃喝拉撒睡都在船上，他们风里来雨里去，常年漂泊在盐河及盐河口的近海里捕鱼捉虾，只因为渔船是自家的，所捕获的鱼虾无须给他人交份子，捕一个，得一个，捕两个，得一对儿。另一种船家，则是盐河码头上叫得响、玩得转、耍得开的商贾大户们，他们自家有船，但自家人不玩船，船只租出去，只管坐享其成。那样的船家，才算得上是真正的船家。

　　傅浩迟就是那样的甩手船家，家中九条跑南洋的大船，都不由他自己管辖。可他们傅家上下几十口人，吃的、喝的、玩的，老老少少，穿金戴银，样样都是那九条大船供给的。傅家在盐区看得见的产业，就是盐河口的傅家船坞。

　　所谓船坞，就是修补船只的地方。用当今的话说叫"造船厂"。但那时间，傅家船坞里只修船，不造船。每年春秋两季，傅家跑南洋的大船进港以后，直接开进他们傅家的船坞。

　　船坞里的能工巧匠们，给远航来的船只上糊、打捻、堵漏、换板，最后再上油、刷漆，将开进船坞来的船，修得新船一般。

　　傅浩迟把他的船坞称之为大后方。这是傅浩迟的精明之举，也是养船人家必备的。你想嘛，他傅家有那么多大船，倘若没有自家的船坞，船上修个扶手，换块板子，堵个舱眼，都要去求木工找匠人，一则是麻烦，再者是那笔数目可观的费用，可要白白地流入外人腰包。

　　傅浩迟请来南洋有名的木匠，外号"大铜锤""小铜锤"两兄弟，在他的船坞里做大师傅、二师傅。名声传出去以后，南来北往的船只，只要在盐河码头上停靠的，都要来傅家船坞请大师傅或二师傅到船上去修修补补，他们兄弟俩各领着一班人马。至于，他们的丰厚待遇，傅浩迟有言在先，他傅家人吃肉，不叫他们兄弟喝汤。每年的薪水，年底一次结清，也可以放在船坞里利滚利地涨。

　　这一年，秋风乍起，傅浩迟一场伤寒过后，先是卧床不起，紧接着汤水不进，等到家里人把傅浩迟唯一的宝贝儿子傅小迟从县城的赌局里找来时，老东家傅浩迟已经两眼发呆，无力言辞了。临终时，傅浩迟紧瞪着两只吓人的大眼睛，告诫儿子：去手，持家。

　　去手，是劝儿子戒赌。傅浩迟料定，要想让儿子傅小迟戒赌，除非是砍断他的双手，否则，只怕是没有救了！

　　傅浩迟在盐河码头上摸爬滚打了一辈子，中年事业有成

两位南洋兄弟拿出老东家临终时的遗训来教导他，傅小迟不听。人家一来气，干脆，搁摊子，走人。

时，喜得了傅小迟这么个宝贝儿子，自小对他放纵了管教，等
儿子的个头蹿上来，想教他勤俭持家的能耐，晚了！那小子染
上了不少的坏毛病。其中，最头痛的就是赌。为此，傅浩迟动
用家法，打过，骂过，无济于事。

刚开始，傅小迟还知道顶嘴。后来，干脆用沉默来抵抗父
亲的棒棍拳头。傅浩迟知道完了，无可救药了。

酒桌上，傅浩迟不止一次地抹着泪水，跟两位南洋来的兄
弟说出掏心窝子的话："我这个家，迟早要毁在那个败家子手
里。"

果然，傅浩迟死后不久，傅小迟耐不住手痒，几次到船坞
来找两位南洋大师傅，想把他们平时修船、补船的那点散金碎
银抠去玩赌，两位南洋兄弟拿出老东家临终时的遗训来教导他，
傅小迟不听。人家一来气，干脆，搁摊子，走人。

那时间，傅家跑南洋的船队尚未回来，家中的积蓄为老东
家大办丧事，花费已空，两位南洋兄弟合起伙来，要一次结清
他们放在傅家利滚利涨的几年薪水。少东家百般挽留，可人家
去意已定。

无奈何，少东家典当掉九间西屋，打发走了两位南洋兄弟。
可回过头来再盘家底，不禁又是一头冷汗！父亲留给他的财产，
除了九条漂泊在南洋的大船尚未回来，就是一册入不敷出的债
本。大家庭里，每日的开销，已经到了捉襟见肘的地步。尤其
是两位南洋大师傅罢工以后，整个船坞陷入瘫痪，船坞里好多

木工，一看领头的走了，也都纷纷讨工钱走人。

　　末了，一个响当当的傅家船坞，不得不关门谢客。紧接着，与傅家船坞有关的债主，纷纷上门讨要木料钱、铜油钱、铁钉款。更为釜底抽薪的是，傅家下南洋的船队，听说少东家不理家务，当年，以没有捕到鱼虾为幌子，竟然漂在南洋，不回来了。

　　少东家在困境中度日月。这时间，他已经没有心思进赌场了，整天面对一个摇摇欲坠的大家庭，抓耳挠腮！先是辞掉部分闲杂的家仆，并用那笔节省下来的薪水，重新聘来木工大师傅，一板一钉地拾当起父亲传给他的傅家船坞，紧接着又把临街的几间青砖灰瓦的旧房，改头换面，办起了一家杂货铺。等到他手头一天天好转时，当年罢工不干的两位南洋大师傅，领着傅家船队，打南洋浩浩荡荡地又开回盐区了。

　　直到这时，少东家才晓得，两位南洋兄弟当初并非真是罢工不干了。而是遵照老东家的嘱托，到南洋去跟着船队做事。老东家临终时料定，只有这样，才能给少东家布下一个再创业绩的机会。否则，倘若让那个小子一味地躺在老子的家业上坐吃山空，或许就没有傅家兴旺发达的今天。

斗 盐

军阀混战年间，盐河里运盐的船只不等开出入海口，日本人的小飞机就像黑蝙蝠似的，"嗡嗡嗡"地跟过来，狂轰滥炸！

盐区的商埠、盐庄相继倒号，白花花的盐田闲置荒废，成群的盐工、难民拖家带口，纷纷远走他乡，另谋生路。

此时，盐价迅猛地飙升。泰和洋行的大掌柜杨鸿泰，偶尔一次盘查大厨账务时，发现当月用盐的开销超出用油的三倍，杨老爷感到很奇怪！找来管家一问，这才知道：盐区的盐，全被葛家盐庄的麻子垄断了。

葛麻子，大名葛让。

在盐区，问起葛让，没人知道；提到葛麻子，无人不晓。此人，脸麻如筛眼，长相似猪猡，说话打舌尖上咬着娘娘腔。就是这样一个其貌不扬的人，竟然借乱世之机，仗着他儿子在国民党军里头当团长的淫威，强买强卖起盐区诸多小盐商们不敢经营的买卖。

　　泰和洋行的大掌柜杨鸿泰，压根儿没把那个灰头土脸的葛麻子当个人物。在杨鸿泰的眼里，他葛麻子顶上天，也就是个提靴子、做奴才的料，靠他儿子那身"黄皮"起了家，盐区这儿难道就搁不下他不成？

　　杨鸿泰指着账本上"天价盐"的开销，告诉管家："你去告诉葛麻子，从明儿起，我们杨府再去购盐，一概记账。待战事平定以后，让他到我府上来，一次跟他结清。"

　　大掌柜杨鸿泰的这番话，原本是提醒他葛麻子，你哄抬盐价，捞取不义之财，在我杨鸿泰这儿行不通！应该说，这是大掌柜杨鸿泰给足他葛麻子脸面。

　　但是，杨鸿泰没有料到，葛麻子今非昔比！他在乱世中倒腾盐，胜似倒卖军火。他腰包鼓了，腰杆子硬了！不再把杨鸿泰当成什么大掌柜。反而藐视杨大掌柜，说："盐区，谁的盐钱都可以赊着，唯独杨府，要当面付清！"原因是，他们家是开"洋行"的。

　　葛麻子这话，乍听起来，在理。你杨鸿泰家开着"洋行"，还来赊盐账，这让他葛家盐庄还怎么开下去？

　　可杨鸿泰不那样想，他觉得葛麻子个老东西不识抬举！恼怒中，杨鸿泰真想把葛麻子当成一只蚂蚁，碾死他。

　　当晚，杨鸿泰把管家叫到后院，让管家把"洋行"东面的八间沿街的库房腾出来，改为"盐庄"。

　　管家猛一愣怔，心想：杨家只开"洋行"，不售盐。老爷是不是被葛麻子给气糊涂了？略顿，管家问："老爷，我们无盐可售呀？"

杨鸿泰眉头一拧，冲着管家，没好气地说："我们无盐可售，难道还没有银子吗？"

管家一个"噢"字，咽回去半截儿。随后，弯腰退下。

三天后，泰和洋行东门外。一阵震耳欲聋的鞭炮炸过之后，大掌柜杨鸿泰家的"泰和盐庄"开门迎客了。

在盐区，上至州府道台，下到沿街炸油条卖早点的小商贩们，都接到杨鸿泰的大红请柬。这其中，自然也请到了葛麻子。

杨鸿泰就是要让他葛麻子看看，乱世之中，在这莫大的盐区，是不是就是他葛麻子才开得起盐庄？葛麻子见状，气得牙根儿都痛！他后悔前两天没有把盐的价格抬到黄金价上去。眼前，泰和盐庄里的盐，十之八九都是从他葛家购来的。且，轮到他杨鸿泰开门售盐时，每升盐价，低了葛家半块钢洋。

这让日进斗金的葛家盐庄，瞬间变得门可罗雀。

葛麻子哪能咽得下这口气，当天，葛家盐庄打出每升盐让利一块钢洋的招牌。

杨鸿泰料到葛麻子要与他叫板，再次把盐价降下半块钢洋。双方盐价僵持不下时，葛麻子玩起了慈善之举，门口支粥锅，凡来购盐者，一概吃饱了粥，再走。杨鸿泰这边，干脆一不做二不休，凡来购盐者，赠送有价盐票，分文不取，杨鸿泰此举，就是要搞垮他葛麻子。

可巧的是，反弹回一粒弹子，正中葛团长的太阳穴。当场，那个身着威武戎装的葛团长，一头从马背上栽了下来。

这可是葛麻子始料未及的。杨鸿泰白白地往外赠票、送盐，如同把白花花的银子满天抛撒。半路起家的葛麻子，他哪见过这般挥金如土的阵势！但葛麻子想看看杨鸿泰的家底到底有多深、多厚，他再次降低盐价，同时把喝粥改为吃大肉包子。专门来引斗他杨大掌柜。

应该说，这时的葛麻子，已经到了水干见底、苟延残喘的地步了！没准儿再有几天的工夫，他葛麻子就该关门谢客了。可谁又能料到，偏偏在这个时候，"泰和洋行"的股东们，看到他们葛杨两家如此恶斗，纷纷撤股。这对于以"洋行"为后盾的杨鸿泰来说，如同釜底抽薪。但杨鸿泰不想在这个时候，输给葛麻子，他硬挺住，每天仍然车水马龙地往外赠盐票、送盐。

忽一日，月黑风高，杨鸿泰的管家，挟着账本摸进后院。主仆两人，面对难以抹平的"赤字"，昔日里威风八面的杨鸿泰大掌柜，刹那间，如同抽去支架的黄瓜秧子，一下子瘫在太师椅上了。

许久，杨鸿泰才慢慢地缓过神来，他咬紧牙关，问管家："难道，我们就这样输给他葛麻子不成？"

管家无话，问主子："老爷，你说呢？"

杨鸿泰双眉一拧，说："我问你呢！"

管家没再言语，但，管家"扑通"一声，给老爷跪下了，"咚咚"磕了两个响头，眼含两包热泪，退下。

当夜，葛家内宅燃起大火！葛家，上上下下几十口人，葬身火海。杨鸿泰闻讯，自知与他脱不了干系，黎明时，自饮一壶毒酒，撒手西去。

　　葛家做团长的大儿子，骑高头大马从前线赶回来，闻知杀害他们全家的罪魁祸首杨鸿泰已经下葬，持枪找到杨家墓地，一梭子弹打断杨鸿泰的墓碑。可巧的是，反弹回一粒弹子，正中葛团长的太阳穴。当场，那个身着威武戎装的葛团长，一头从马背上栽了下来。

年
话

　　年话，是指旧历新年时，所说的那些吉祥、喜庆、安康、祝福的话语。

　　盐区渔民，常年漂泊在茫茫大海里，面对海上的狂风黑浪，他们命悬一线！随时都有葬身鱼腹的可能。所以，渔家人非常讲究那些企盼美好的吉言。尤其是到了旧历新年，家家户户都要提前数日苦口婆心地教导自家尚不懂事理的孩子们，过年时要说何种喜庆、吉祥的话儿，以此期盼来年有个好兆头。

　　渔家人为乞求一个好的兆头，生活中连一句犯忌的话都不能说。遇到非说不可的言辞，也要避开原话，以求吉祥。如：船帆，为避"翻"之意，改叫船篷；船只要调头，因为有"掉头"的谐音，改成：调转；斧头、石刀、剪子，直呼其名，有凶器之嫌，统称为"快家伙"！说得更具体一点，渔家人给婴儿起名字，都要与年话中的喜庆、吉祥有关联。如：大喜、大满、满仓、满福，云云；要么是预示渔船出海顺利的，如：顺风、顺水、顺流，等等。总之，渔家人讲话，凡事预示一个吉祥。盐区的有钱人，如大盐商谢孝愚，格外注重这些！

谢孝愚是谢孝智的三弟。

在盐区，谢家的名望主要是在大哥谢孝智那一支。谢孝愚这边人丁不旺，连娶了二房姨太太，只有二姨太帮他生了个男丁，还少年夭折了！就在谢孝愚苦无后人时，大太太为续香火，花了三百两雪花银，从一个扬州商州人手中买来一个身材丰盈的小姨太，谢家人叫她少奶奶。

说起这个少奶奶，还真是一块肥沃的土地，她来到谢家以后，竟然开花结果了——怀上了孩子。

那时间，谢孝愚已过了知天命之年。

晚来得子的谢孝愚，为那宝贝疙瘩定名为——天根。谢孝愚说，在他已知天命的时候，上天又送给他一个儿子。实属宝贝！为此，谢孝愚疼爱有加！不惜重金，从城里大学堂请来一个年轻的女教员做奶妈，在小天根咿呀学语的时候，就教他认字、识数儿，用当今的话说，那叫早期启蒙教育。

转眼，小天根三岁了。

这一年，大年初一早晨，谢家老老少少几代人，早早地起来给谢孝愚、大太太磕头拜年。

少奶奶领着她的宝贝儿子小天根，给谢孝愚、大太太行过礼之后，便端坐在一旁，一边听大家说些年年有余的吉祥话儿，一边心不在焉的样子，随手摸过茶几上的花生果儿，如同剥一件什么珍奇宝物似的，有一搭、没一搭地扒给她的宝贝儿子吃。

少奶奶过门五年了，可她打扮得依然像个大姑娘似的光鲜照人！谢孝愚比较喜欢她，每晚都到她房里过夜。

平日里，谢孝愚出入盐区的社交圈，大都让她雍容华贵地伴在身旁。大太太眼气！但，大太太没有办法，大太太老了。

但是，赶在年、节这种家庭聚会的场合，大太太是很显权威的。她当仁不让地要与谢孝愚并肩坐在上座上，家眷、奴仆及其姨太们尤其是少奶奶，即使打扮得像花朵一般美，也只能候在一旁。但那样的时候，少奶奶往往不把正襟危坐的大太太放在眼里，她不是东张西望地撩猫逗狗，就是揽过她那宝贝儿子小天根寻乐子！

"来，天根，吃花生！"少奶奶剥开一个花生果儿，翘起她修长的兰花指，轻巧巧地搓下花生果的红皮儿，裸露出白生生的花生仁时，她还捏在指间左右摇晃，口中念念有词地说着儿歌："麻房子，红帐子，里面坐个白胖子！"以此，引逗她的小天根："来，吃花生，天根，吃花生！"

那小家伙平时被妈妈引逗惯了，此刻，看到妈妈手中为他剥好的花生果儿，并不急着去吃，而是假装不闻不问的样子，期间，趁妈妈不注意时，他忽而转过脸来，张开喇叭花一样鲜红的小嘴巴，燕子捉食一般，猛地把妈妈手中的花生仁儿叼了过去。随之，小嘴巴蠕动了两下，可能是想到平时奶奶教给他的数字儿，猛不丁地报出一个数儿："一个仁。"

年话 二○○八年 画凯

没想到那小家伙，偏偏要在人多的时候显示他认字、识数的能耐，小嘴巴蠕动了两下，昂起小脸儿，声音更加洪亮地喊道：「一个仁！」

少奶奶吓了一跳，仁与人是谐音！这大过年的，谢家一大家子人团聚在一起，图的是人丁兴旺，这小祖宗怎么冒出这么个不吉祥的话来。少奶奶知道谢孝愚、大太太非常忌讳家中人丁不旺，赶紧揽过儿子，不让他多嘴。同时，又剥了一个花生果儿，连红皮都没顾及碾搓，慌慌张张地塞进儿子的小嘴里，原认为堵上儿子的小嘴巴，让他少说话，没想到那小家伙，偏偏要在人多的时候显示他认字、识数的能耐，小嘴巴蠕动了两下，昂起小脸儿，声音更加洪亮地喊道："一个仁！"

大太太的脸色刷地冷下来！谢孝愚也阴沉下脸子，显然是不高兴了。

这种时候，赶快把孩子交给一旁的奶妈，让其领到一边玩耍算了。可争强好胜的少奶奶，不想在众人面前丢了面子，更不想在这种时候，让老爷、太太不喜欢她的宝贝儿子，她"喊喊嚓嚓"地连剥了五六个花生果儿，一下子捂进天根的小口中，原想儿子会说"很多仁！"以图吉祥。不料，那小家伙嘴巴蠕动了几下，张开小口，颇为得意地喊道："一口仁！"

这一次，少奶奶的脸色也吓得煞白！没等老爷、大太太动怒，她一把将儿子推给身边的奶妈，恼羞成怒地怒声斥道："带走，好好管教去！"好像她儿子出言不逊，全是奶妈教育的过错。随后，少奶奶抹着泪水，自知无趣地回到自己房里去了。

接下来的事情，更为蹊跷。

当夜，少奶奶没搭理儿子，让他在奶妈那里好好接受调教。

但少奶奶还像往常一样，给谢孝愚留门。可谢孝愚因为白天的事情让他闹心！那天晚上他赌气似的，就没到少奶奶房里过夜。少奶奶等至半夜，迷迷糊糊地歪在床头打盹时，不小心碰倒烛台，大火燃烧了帐幡，并迅速窜上房顶，几乎没等少奶奶呼喊出声音来，谢家大院便是一片火海。

　　大火中，谢家老少几代人，只有奶妈抱着小天根逃了出来。至此，正好印证了那"孽子"的不祥之言。

摸

鱼

潘驼子，摸鱼的。

盐河码头上，整天背个鱼篓子，两眼像鱼鹰似的，紧盯着沟湾河汊子里乱摸腾的那个瘦筋筋的小老头就是他。

潘驼子的背，弯弯的、驼驼的，与俯在水中摸鱼的姿势正相宜。盐区人形象地说他站直了身子像个大大的"7"，随地儿戳着像个"3"，原因就是他的腰肢从来就没有直竖的时候。

潘驼子不是盐区人。他只是盐区一个摸鱼人。

但潘驼子携家带口，在盐河码头上支了一顶小草棚，将婆娘、孩子安顿在里面，他一个人背个鱼篓子沟湾河畔里摸鱼去。潘驼子有摸鱼的绝技！最叫奇的一招，是水下取"呆子"。

呆子鱼，又名鲨光鱼，属于淡水与海水混杂的两栖鱼类，也是盐河口独特的鱼种。如同花草、芦苇一般，一岁一枯荣，春季涌卵，秋风乍起时最肥美，随之产卵于石缝沙窝间，待天气变凉，水温变低以后，它想找个暖和的藏身之地，便一头扎进污泥中死掉了！此鱼，头大、尾小、肉细嫩，小火炖汤，味道极鲜！其两腮之肉，形若凝脂，恰如玉片，放入口中，含而不化，嚼而生香！但，那鱼在水下有个致命弱点——不会保护自己。它吃饱了小鱼小虾之后，找一处草丛或石窝趴下，就懒得再动了。

潘驼子摸清了它的脾性，专门选在水湾中扔几块石头，设下洞穴，让其呆头呆脑地钻进去。过几天来摸它时，如同在自家鱼缸里取鱼似的，伸手擒出水面，那"呆子"才晓得大事不好了，"扑棱扑棱"乱拧一阵！想逃，门都没有。潘驼子紧掐其腮部，瞬间便成了他篓中之物。

盐区自古就有"十月鲨光赛羊汤！"之说。可此时，寒风萧瑟，此鱼日趋见少！想吃此鱼的人怎么办？去找潘驼子呀！

盐区高门大户多，有钱人多。相互间玩阔，斗富，善于显摆的主儿，更是多得没边。

每年后秋，呆子鱼愈来愈少，可上门与潘驼子预订此鱼的阔佬、富太太们却与日俱增。而此时，也正是潘驼子显能耐的时机。怎么说，天气变冷，水温变凉了，别人下网捉不来、放钩子钓不到的"呆子"，他潘驼子，拎个鱼篓子，如同转着玩似的，沟湾河畔里溜上一圈，就把那"呆子"给你送到府上了。谁能说这事不奇！

再说了，潘驼子送上门的鱼儿不谈价——由你赏。

那样的时刻，你可要多给他几个铜板哟。尤其是滴水成冰的寒冬腊月，他潘驼子为摸那几条呆子鱼可是冻得不轻。没准儿，他拎着鱼站在你跟前时，嘴唇还是青的，双腿直打颤儿！

即便如此，还是有人吃白食。谁？这么不近人情。说出来吓你一跳！盐区驻军张大头，官称张团长。那家伙土匪出身，他腰间斜挎一把"盒子"，两手空空地带着队伍打进盐区后，吃的、住的、用的、玩的，样样都是盐区那些肥得流油的大盐商们送给他的。所以，此番，他张大头、准确地说是张大头身边那个小鸟依人的小姨太小暖想吃"呆子"，那小女子原本是盐区首富吴三才家的使女，被吴老爷当作礼物送给了张大头。她晓得潘驼子有捉"呆子"的能耐，入冬以后，她便"咬"着张大头的耳根子，想吃那一口。张大头为讨美人欢颜，传过话去，让潘驼子送鱼来。张大头觉得他这是给潘驼子长脸了，看得起你才让你送鱼来呢！

可潘驼子偏偏不识相！他接到张大头的指令后，以河中结冰，难以下水为由，迟迟没有把鱼送去。这让小暖很是郁闷！

更为可气的是，这期间，张大头领着小暖在吴家做客时，竟然吃到了潘驼子送去的呆子鱼。

这下，小暖在张大头耳边，把"火"给烧起来了！

当天午宴后，张大头借着酒气，吩咐手下的卫兵："去把那个摸鱼的驼子给我找来，奶奶的！"

时候不大，潘驼子被擒来了。

张大头开口就问："我要的呆子鱼呢？"

潘驼子似乎意识到什么了，一时间，哑口无言，额头上直冒冷汗。

张大头走到他跟前，不阴不阳地质问他："你不是说冰河冻结，摸不到呆子鱼吗，你看看这是什么？"说话间，张大头从口中剔出一根鱼刺，猛弹到潘驼子的脸上。

潘驼子动都不敢动一下！那一刻，潘驼子如同犯了错误的孩子似的，静静地肃立着，听候张大头地训斥。

张大头只晓得他要吃呆子鱼。可他哪里知道冬季里盐区的有钱人都想吃那一口儿。

也就是说，冬季里，潘驼子所摸来的呆子鱼，是盐区有钱人的抢手货！相互间叫起板来，黄金一样的价码。可张大头向来吃鱼不给钱。潘驼子自然不想把那么贵重的呆子鱼，白白地送给他。

没料到，潘驼子所为激怒了张大头！他面目狰狞地训斥潘驼子时，下意识地摸出了腰间的"盒子"，恶狠狠地点着潘驼子的脑瓜子，说："你个有眼无珠的老东西，是不是活腻歪了？嗯！"

潘驼子一看张大头要杀他，两腿一软，"扑通"一下，就给张大头跪下了，苦苦地哀求，道："张团长饶命！饶命呀，张团长！明天，明天一早，我一定把呆子鱼给你送来！"

张大头冷板着面孔，来回走了两步，背后扔过一句话，说："好吧，明天我再见不到你的呆子鱼，小心你脑袋开花！"说完，张大头转身走了。

第二天，潘驼子理应老老实实地把呆子鱼给张大头送来吧？没有。他回去以后，带上婆娘、孩子，连夜跑了！

潘驼子并非有什么超人的摸鱼绝技。他之所以能在寒冷的冬天捉到那种罕见的呆子鱼，那是他早秋时节精心放养在水下石洞里的。类似于今天的"网箱养殖"，以便天寒地冻时，他再装模作样地摸出来，高价卖给盐区的有钱人。其数量自然是少得可怜！张大头领着小暖在吴家所吃的呆子鱼，是潘驼子在那个冬季里所放养的最后几条。

所以，张大头逼他再去摸"呆子"时，他不得不弃家而逃。

赶海

海边的人，追赶着退去的海潮捕鱼、网虾、捉蟹，或光着脚板，踩在松软的沙滩上，拣海菜、挖蛤蜊、巧捉海狗鱼儿，称之为：赶海。

赶海，不分男女，老少皆宜。

赶海的人，有三两为伴，也有七八成群的。他们散落在海潮退后的沙滩上，弯腰寻觅着沙滩上的种种迹象，一铲子挖下去，不是挖出个喷着海水的大蛤蜊，就是捉到一只张牙舞爪、口吐白沫的大螃蟹。再者，就是那些自作聪明的海狗鱼儿，看到有人追捕过来，立马跳进一旁的泥水中，搅浑身边的泥水窝，误认为找到安全的藏身之地，任你怎么摆布，它趴在浑水中死活不动了。这时刻，赶海的人跑过来，弯腰可在浑水中取呆子鱼。

赶海的人，务必要识潮汛，懂得潮涨潮落的准确时辰。否则，一个劲地跟着退潮往大海深处走，延误了返程的时机，反而被迎面涨潮的海水所围困，那就危险了！海潮涌来的速度，比牛马跑得都快。

公元一九三九年夏天，盐区沦陷。

日本兵驻盐区首领山田大佐的太太，看到盐区男男女女的赶海人，光着脚板走在金灿灿的沙滩上捕捉鱼虾怪有趣儿，她也心血来潮，光起一双玉足，加入赶海的人群中。

可那个衣着和服的东洋小女人，初到盐区，不晓得此地海域的潮汛，一味地追赶着海潮戏捉鱼虾，不知不觉地走进了大海深处，等她察觉到迎面有海潮向她汹涌扑来时，那个看似万般温情的小女人顿时惊慌失措，尖利的嚎叫声，响彻海滩！可此时，她已经陷入了潮水的重重围困之中。

闻讯赶来的山田大佐，见此情景，"刷"的一下抽出指挥刀，命令他手下的鬼子兵和"二鬼子"们统统下海，全力以赴营救他的太太。

可那帮鬼子兵多数都是旱鸭子，下海后，呛两口海水，就被一浪高过一浪的海涛冲得四分五散。有几个会水的鬼子兵，因为穿着一身军装下水，扑腾不了几下，就被身上的衣服缠得没了力气。

海岸边，围观的民众只见远处海潮托起一团艳丽的锦团，时而被海浪高高地扬起，时而又被深深地卷入巨浪里！就在那女人命悬一线的时候，岸边围观的人众里，有人悄声嘀咕：

"海川呢？"

"快喊海川来呀！"

海川，是盐河两岸有名的水手。人称水下蛟龙！

盐河码头上，南来北往的渔船，但凡是哪家船上有什么物件儿掉进盐河里，或落入波涛滚滚的大海，大致指出方位，他一个猛子扎下去，保准十拿九稳地给你托上来。当然，其中的报酬，也是可观的！

平日里，海川就溜达在海岸边，可谓不怀好意地期盼着盐河里能发生点让他生财的落水事故。然而，一旦有人被海潮卷走，那是人命关天的大事情，海川是不讲价钱，听到呼喊，他就会跑过去救人。

可今天，落水的不是咱中国人，而是盐区人恨之入骨的山田大佐的太太。尽管那女人，不像山田大佐那样杀人如麻，可她毕竟是那个恶魔的女人，而且，是个东洋女人。

盐区人憎恨山田大佐，也憎恨眼前这个落水的女人！大伙儿只想看东洋鬼子的笑话，哪里会想到喊海川来搭救她！

然而，当那个小女人被海浪卷起，瞬间即可葬身海底时，善良的盐区渔民，还是涌起了仁义之情，他们东张西望嘀咕海川哪里去了？其后，还真有人大声呼喊：

"海川！"

"海川跑哪里去了？"

说时迟，那时快，就在岸上的人"喊喊喳喳"乱声呼喊时，忽而从人群中蹿出一个汉子，只见那人迎着海浪，边跑边脱衣服，接近海浪的一瞬间，恰如一条戏水的海豚，一个纵身，划出一道亮眼的弧线，猛得扎进了逐浪滔天的大海。

那人就是海川，他缩在人群中，已经观察半天了，或许他觉得再拖延下去，就延误了营救的最佳时机。于是，他在那女人无力迎击海浪的时候，义无反顾地选择了救人！等海川再次出现在人们的视野中时，他已经靠近了海浪中那个奄奄一息的女人。

随后，海川凭他丰富的救人经验，先是远远地抓住那女人和服上的一条飘带，慢慢靠近之后，用力将她身上衣物撕开、抛掉，以此减轻她在水中的重量。之后，他单臂托起那个白如羊脂的东洋小女人，如同杂技演员玩大顶一样，顺着海潮，借助于海浪的推动力，将那个女人推近岸边。

可这时，岸边围观的民众，看到那个东洋鬼子的女人得救了，一时间，又感到极为愤慨！且，有人小声嘀咕："妈的，救她个球，淹死小鬼子算了！"

山田大佐听不懂围观的人嘀咕啥，他看到太太得救了，口中念念有辞地赞道："吆西（好的），吆西（好的）！"

然而，就在海川把那个白如羊羔的东洋女人救上岸时，刚刚还在喊呼："吆西，吆西！"的山田大佐，突然抽出指挥刀，怒不可遏地指着海川，大吼一声："你的，良心，大大的坏啦！"

随之，一刀深深地扎进海川的胸腔里。

海川口喷鲜血，长时间地坚挺着脖颈，木呆呆地仇视着眼前那个面目狰狞的山田大佐，至死都不明白，山田大佐为什么对他恩将仇报！

日本投降后，盐区临时政府在考虑海川的死因时，把他定为讨好日本人的狗汉奸。直至一九七八年，盐区修编志书，才把他写进盐区渔民惨遭日本人杀害的名单里。

套鸟

　　盐区人，三教九流，五色杂居。

　　但各等人有各等人的活法。摆谱玩阔的大盐商们，挥金如土，能拿白银堆出山包给你看新鲜！家中娶着三妻四妾，养着七奴八仆，还嫌艳福不够，隔三岔五地总要溜至花街柳巷寻找开心！这是有钱人的活法。码头上扛盐包，流大汗，放响屁的盐工汉子们，吃煎饼，卷大葱，喝烈酒，光大背，搓着脚泥滚"地笼"，照样也能玩出乐子来。

　　城西小盐河边上的闫蛮子，一个其貌不扬的小老头，靠捉鸟套鸟显出能耐来，照样活得有头有脸，小日子过得有滋有味。

　　怎么的？人家手上有绝活——套鸟。

　　闫蛮子套鸟，已琢磨出相当的绝技！比如：套野鸭、黑老鸹，用的是落地套儿。那种落地套子很简单，选取野鸭、黑老鸹经常落脚的地方，打下木桩，扯出无数根细线绳儿，挽下一个一个连环扣儿，单等野鸭子、黑老鸹在水里上岸来歇息时，一脚不慎，落进"扣"中，再想展翅飞翔，难了。闫蛮子设下的绳扣，是活动的，越挣越紧，越勒越死。别说野鸭、黑老鸹挣不开，就是套到野狼、野獾子，都很难逃脱。

　　而对付那种不登陆靠岸，喜欢"金鸡独立"在水塘边捉食鱼虾的长嘴水鸡子，闫蛮子悟出更绝的一招！同样是水塘边打一个木桩，扯上线绳，但，此番线绳的末端，不再挽"扣"儿，而是系上一只打了结的小沙蟹，小沙蟹的线绳前方，灵巧地悬着一个小竹圈。那竹圈，粗如竹筷，细如耳环丝，一旦那长嘴的水鸡子捉食到那只小沙蟹，线绳立刻绷紧，高悬在上方的竹圈顺线而下，不偏不倚，正好箍在那水鸡子的长嘴上，一时间，内外夹紧，将那长嘴的水鸡子牢牢地"套"在水塘边。

　　回头，闫蛮子划一叶轻舟，前来取鸟时，轻轻松松地解下绳扣，撸掉竹圈，水鸟们个个都是活的，皮毛都不会损伤半点，放进竹笼或网兜里，挑到盐区码头上，专门卖给那些吃够了鱼虾的有钱人家，每只鸟都能卖出好价钱。

　　盐区沦陷时，驻扎在盐区的日本小队长山田大佐，得知闫蛮子可以白手套飞鸟，叫来训导一番，赏些白银，外加一顶皇军帽，如同发给他进出据点的通行证，让闫蛮子忠心为日本效劳。

　　刚开始，闫蛮子不敢戴日本人赏给的皇军帽，他怕盐区人骂他是狗汉奸、卖国贼！闫蛮子只选在去据点送鸟时，免遭盘查，才从怀里掏出皇君帽来戴上一阵子。

可时隔不久，盐区地下组织了解到这个情况后，与闫蛮子秘密取得联系，鼓动他大胆地戴上皇君帽，取得日本人的信任后，计划里应外合，端掉日本人设在盐区的据点。

闫蛮子通过党组织的耐心教育，涌起了一腔爱国之情，答应与地下党组织配合。

不料，狡猾的山田大佐从闫蛮子进据点的次数明显增多，到闫蛮子进据点后东张西望，猜测到他欲行不轨，特意设下一场苦肉计来考验他。

这一天，闫蛮子又来送鸟，山田大佐留他后院吃酒。酒后，山田大佐要给他安排一场娱乐活动。

闫蛮子很高兴，认为山田大佐要请他听东洋戏。没料到，山田大佐一挥手，两个气势汹汹的日本兵，架来一个遍体鳞伤的女人，说是新四军女干部，让闫蛮子扒下她的衣服，羞辱她。

闫蛮子顿时神情慌乱，不知所措。

山田大佐一手握住指挥刀，一手指着那个女人，笑眯眯地盯着闫蛮子，说："你的，快快的。"

闫蛮子不干。山田大佐"刷"的一下，抽出指挥刀，抵在闫蛮子的胸膛，吼道："你的，新四军的干活！"

生死之间，闫蛮子选择了前者。

但闫蛮子从此陷入了苦闷、悔恨之中，整夜做噩梦。末了，闫蛮子想利用给日本人送野鸡野鸭的机会，投毒杀死那帮畜生。

但闫蛮子没料到，日本人太狡猾，他几次在野鸟身上放毒，皆以失败而告终。日本人专挑活鸟吃，死鸟或松了毛、耷拉下翅膀的鸟儿，一概挖坑埋掉。也就是说，日本人没有被闫蛮子送来的鸟儿毒死，反而吃了闫蛮子送来的野味，精力旺盛，强霸妇女，杀人作乐，劲头更加强劲。

盐区人看闫蛮子叭巴狗一样，殷勤地往据点里送野味，都骂闫蛮子是王八蛋，都说他捕捉着野鸡野鸭，喂养着一群惨无人道的豺狼。可闫蛮子心中的痛苦，又有哪个能知道？闫蛮子只有一个信念，那就是杀死那帮鬼子。

这一天，闫蛮子琢磨出一个"缓毒"之计，他先把药物放在一个面团里，又将那个面团塞进一只青蛙的肚子里，之后，选取一只野鸭吞下那只青蛙，最终以"活鸭"骗过日本人，一家伙毒死了"据点"里八九个日本兵。但山田大佐没有死，他吃得少。

山田大佐火速派人捉拿闫蛮子。谁知，闫蛮子在回家的途中服毒自尽了。死时，闫蛮子笑容安详。

转
羊

　　盐区沦陷后，日本人把铁轨铺至盐河口的深水码头，清理出大片无人区，四周垒起高高的炮楼，围上"地笼"式的铁丝网。内地的矿石、煤炭、黄沙、白糖、磷矿粉以及东北的木材、大豆、玉米、红高粱，内蒙古的大肥羊、双峰骆驼等等，源源不断地被运到戒备森严的盐河码头。随之，转乘一艘艘挂着太阳旗的远洋铁甲舰，昼夜不停地开往他们日本。

　　码头上，手无寸铁的汉子们在日本兵荷枪实弹的监管下，光着脚板，伸长了脖子，歪歪扭扭地扛来一个个压弯了他们腰肢的盐包、沙袋或是从内地掠夺来的矿石、布匹、粮食以及烟、酒、糖、茶之类，"吱呀吱呀"地踩上那痛苦呻吟的跳板，脊背上的汗水，一直能流进裤裆里，然后再"噼啪噼啪"地趺进他们脚下波涛滚滚的盐河。

　　许多累极了眼的汉子，一看到日本人的小火车冒着黑烟"呜呜"地开进盐河码头，顿时就气得骂娘！他们知道，车厢里成吨的矿石、小山一样堆积的煤炭，都要靠他们的双手和肩膀，一包一筐地搬运到那高高的铁甲舰上去。有时，日本兵掠夺来带刺、致痒的松木以及有毒的化学物品，都要船工们以血肉之躯去搬运。

这一年，初冬时节，远东军从内蒙古大草原掠夺来一批大肥羊，抵达盐区后，一开车箱，顿时"染白"了盐河码头。乘车而来的那几个内蒙古来的狗汉奸，将车上的大肥羊如数押至盐区，他们的任务就算完成了。

码头上的汉子们，面对云朵一样的羊群，竟然没了招数。他们追羊、赶羊，想在日本人限定的时间内，把羊们一只只杀死。然后，装到日本人的铁甲舰上去。

可那些草原上远道而来的羊们，一到盐区，被大海的涛声吓得四分五散，不等人们靠近它，就撒开四蹄，夺路而逃。好多野性十足的大肥羊，冲撞到日本据点的"地笼"网上，如同触网的滚钩鱼一样，越缠越紧，以至连前来解救它的主人都无法靠近。而那几个内蒙古来的汉奸，酒饭过后，看到盐区人如此抓羊、赶羊、杀羊，感到无比好笑，他们原本都是草原上的牧羊人，通晓羊的秉性。其中一位留有卷毛胡子的家伙，冲着日本小队长龟田一郎先生一晃大拇指，表示：看他露一手！

随后，就看那"卷毛胡子"晃着膀子，迈着八字步，以一把青翠的白菜叶，套住了羊群中的头羊。而后，他牵住头羊，如同逛大街、溜马路一样，逍遥自在地慢慢溜达上了。后面的羊群，看到头羊在前面走，便依次排开，跟着头羊尾随而去。

时候不大，整个羊群，变成了一团转动的云朵。头羊走到哪里，后面的羊们就跟到哪里。连续转了数圈之后，后面的羊群几乎是一字排开地跟上了。

这时间，与"卷毛胡子"同来的几个伙计，早已在码头通往铁甲舰的跳板旁，拉起一道布帘，等"卷毛胡子"拽过头羊，钻过布帘之后，后面的羊们，义无反顾，全都跟着头羊，依次钻过布帘。

而布帘的后面，恰恰是羊们没有料到的断头台。那几个内蒙古来的家伙，个个都是刽子手，布帘下钻进一只羊后，不等那羊有所反应，上来就是一铁锤，当场将羊砸晕，随之，扔到一旁，放血，去皮，破肚，大卸八块。然后，打进包装箱，运送到一旁等候的铁甲舰上去。

布帘这边的羊群，不知道布帘那边的血腥场面，只认为跟着头羊，就能找到草肥水美的草原，一个个争先恐后，奔着布帘子来了，有些性情急躁的羊们，还跑到前头来"加塞"哩！

龟田小队长看到那几个内蒙古人如此熟知羊性，而且能巧妙地转羊、杀羊！"呜里哇啦"地直冲他们伸大拇指。原本该打发他们乘当晚的小火车返回内蒙古，可龟田小队长说他们转羊、杀羊有功，嘴上说派巡逻艇让他们到海上观光，实则是看重他们转羊、宰羊的本领，送他们到日本效力去了。至死都没让他们回来。

船

号

　　船号，船的标志。如同汽车牌照一样，以地域为界，统一编号。这是当今政府部门对汽车、船只的一种规范性管理模式。

　　旧时，盐区船只没有编号，全靠命名来区分，类似于孩子起名字。所不同的是，孩子起名字可以事先起好，也可以在孩子满月、百日、甚至是背着书包进学堂时，请先生赐予一个儒雅的名称。而船只的命名，只能在新船触水的一刹那，由站在船头的大师傅即兴而定。

　　新船触水，是造船的最后一道工序。也是一件比较喜庆、隆重的大事情！造船的大师傅将大葱、洋蒜铺垫在造船时悬空的船底，待新船落下支架时，让其碾着底部的葱蒜，顺坡滑入水中。而站在船头的大师傅，要在新船触水的一刹那触景生情，当即喊出新船的名字。

　　这是船家对造船大师傅的敬重，也是盐河码头上千百年遗传下来的规矩。如：红太阳、大花轿、小白鞋、黄马褂、青辣椒、大铜锤、小铜锤、红嘴鸥、黑嘴鸥等。这些船名的来由，都与当时的太阳初升，或哪家新娘的大花轿打此处经过，有着密不可分的联系。如，小日本，就是个例子！

小日本，原本是国人藐视日本人的话。而在盐区，它是张茂家的一艘渔船。

盐区沦陷的那年夏天，盐河口的土财主张茂，倾其血本，历时七个半月，打造出的一艘大船。新船将要入水时，一艘日本兵的小汽艇，"呜呜呜"地从远处开过来，站在船头的大师傅，正等候新船触水时给船只起名字，可当他看到日本兵耀武扬威地开着小汽艇打盐河里击浪而过时，大师傅咬牙切齿地痛骂了一句："小日本！"

可巧，此刻新船触水了！围在船边等候大师傅报船名的船家与船工们，一听到大师傅说出"小日本"，顿时一片沉寂，谁都知道那不能做船名。可造船的大师傅偏偏就在新船触水的一瞬间，报出了"小日本"。这可如何是好？大师傅一言定乾坤，别说是叫小日本，就是叫狗汉奸、卖国贼、王八蛋，也不能再改了。改船名意味着船只解体，再造新船，那是很不吉祥的。再者，日本兵占据盐区后，张茂确实曾点头哈腰地到日本"据点"里送过银子。没准，此番站在船头的大师傅内心憎恨张茂在日本人面前低三下四，丢咱中国人的脸，故意把他家的船只给命名为"小日本"，以此来羞辱他张茂呢。

不管怎么说，张茂家的新船下水了。这在盐区，是一件很

盐河两岸不了解内情的渔民，一看张茂家的渔船，打出了『日本』字样，误认为张茂投靠了日本人，无不痛骂张茂是汉奸、卖国贼。

值得庆贺的喜事。

　　可此时的张茂，面对大伙稀稀拉拉的掌声，他一脸茫然！先不说他张茂把自家的渔船定名为"小日本"是否有卖国求荣之嫌。看看日本兵占据盐区后，所打出的标语口号："大东亚共荣圈""大日本帝国"。日本人以"大"自居。他张茂要用"小日本"来定船名，这不明摆着要与日本人抗衡吗，吓死他个土财主张茂，也没有那个胆儿。

　　可不叫"小日本"，又该如何？张茂苦思冥想了几个昼夜，终于有了对策，他在船头涂写船名"小日本"时，把"小"字去掉，"日"字特意写得很小，"本"字写得很大，取其小"日"大"本"之意。张茂的这个想法，既保全了大师傅即兴喊出的"小日本"，又迎合了当时敌占区的日本兵。可谓两全其美！

　　盐河两岸不了解内情的渔民，一看张茂家的渔船，打出了"日本"字样，误认为张茂投靠了日本人，无不痛骂张茂是汉奸、卖国贼。远亲近邻纷纷与他断绝了来往，以至于连他家的孩子都没有伙伴儿与其玩耍。后期，盐区地下党组织还暗中盯上了他家人的行踪，好像他张茂真的站在了日本人那边！可此事日本人非常高兴！他们认为张茂那样做，是对他们大日本帝国的无限忠诚，特批那艘"日本"船可以在盐河里自由航行。这在盐区沦陷期间，是绝无仅有的。

　　但张茂却陷入了盐区人的唾弃、冷眼、咒骂之中。

　　两年后，即一九四三年秋。新四军驻滨海军区，委派一批连、营以上干部赴延安学习，途经盐区，想找一艘渔船护送出盐河水域。当时海上日军封锁严密！我盐区地下党组织想到张茂家那艘可以在盐河自由航行的"日本"船，于是，秘密派人前去试探张茂。没想到长期以来背负"卖国求荣"罪名的张茂，瞬间涌起了一腔爱国之情，他大义凛然、临危不惧地指派自己的大儿子亲自驾船，让家中那个千娇百媚的儿媳，抱着刚满周岁的孩子站在船头假装回娘家，巧妙地瞒过敌人的盘查，顺利地护送我新四军官兵通过盐河流域的敌占区。

然而，谁也没有料到，当张茂家那艘标有"日本"字样的船只驶出盐河近海，抵达山东胶州湾准备靠岸时，当地游击队发现船上的"日本"字样，误认为侵略者来了，刹那间，火枪、土炮迎头痛击！等岸上的民兵发现打的是自己人时，隐蔽在船舱中的我新四军官兵已伤亡惨重。

消息传至盐区，张茂大惊失色！他深感事态严重了。连夜弃家而逃。至死，再没回盐区来。

广
告

盐区最早的广告，是日本鬼子来做的。

日本鬼子占领盐区以后，首先收缴了盐区唯一一家大药房——天成大药房。并强迫大药房的掌柜吴三才及伙计们将药店迁至他们"据点"内，严格控制盐区人用药。但日本人对盐区的少年儿童网开一面，允许天成大药房销售一种专治婴儿哮喘的药物——仁丹。

仁丹，中国民间传说能治百病。日本人便以此大做文章！满大街地涂抹粉刷"仁丹"的小广告，极大热情地表现出他们"大日本帝国"想为中国良民做好救死扶伤的良好态度。

日本人所涂刷的那种"仁丹"小广告特别简单。他们先用白色涂料或蓝色涂料往墙上涂一块一人多高、两丈来宽的底色，然后，在白底色上写上蓝色的"仁丹"，或是在蓝底色上写上白色的"仁丹"，就算完事了，尤其是在十字路口、三岔路口以及行人比较密集的地方涂抹得格外醒目。

　　日本人似乎把他们所经营的"仁丹"药物，当作对中国老百姓的慈善之举，想以此来取信于民。

　　但盐区的老百姓并不买账。

　　盐区人总觉得日本人的做法暗藏杀机！怀疑他们所出售的"仁丹"药物里面，掺进了某种能治残中国人的毒药，几乎没有人敢去购买他们的"仁丹"。

　　但病情危急时，盐区人抱着"死马当作活马医"的心态，买了他们的"仁丹"，给病入膏肓的婴儿服用以后，还真的治好了孩子的病。由此，盐区人对日本人产生了几分信赖之感。

　　这期间，颇懂医道的天成大药房掌柜吴三才反而纳闷起日本人的做派：小鬼子们为什么只让天成药店公开出售"仁丹"药物？而那种"仁丹"药，说到底，只起个清热解毒的作用，尤其是襁褓中的婴儿生了口疮、长了眼屎，做娘的把那蚕虫屎一样大小的"仁丹"药粒儿，捂几粒粘在奶头上，让婴儿趁吃奶时裹下去是最有效的。可日本兵怎么就盯上那种颇不起眼的药物呢？

　　大掌柜吴三才思来想去，感觉日本人用心险恶！他们表面上打出"仁丹"的招牌，好像是要为盐区的老百姓治病。而真实的意图，却是牢牢地控制着中国人的手脚。你想想，前线官兵断了胳膊、伤了腿，仅凭几粒"仁丹"，岂能医治好吗？显然不能。要想买别的药物，那要通过日本人同意才行。所以说，日本人一攻进盐区，首先控制了盐区独一无二的天成大药房，

他们先用白色涂料

或蓝色涂料往墙上涂一

块一人多高、两丈来宽

的底色，然后，在白底

色上写上蓝色的『仁丹』，

或是在蓝底色上写上白

色的『仁丹』，就算完事

了，

并限制了天成大药房掌柜和店小二的自由。

　　为此，天成药房的大掌柜吴三才及大药房的伙计们，每天提心吊胆、谨小慎微地在日本人的眼皮底下做事，凡事要向日本人汇报，不敢越雷池半步。若有不甚，随时都有可能被抹去脑袋。期间，还要遭受国人的冷眼和唾弃！

　　大掌柜吴三才不想带着伙计们做汉奸，更不想让国人骂他们是一帮卖国贼！他们表面上屈服于日本人，可心里时刻都在想，怎样才能干出一番让日本人遭殃、让盐区人信赖他们的大事来。

　　这一天，大药房里有个喜爱逗鸟、玩雀的小伙计，无意中发现落进据点内的一群鸟儿，大半天都无人惊飞起来，那个小伙计把这件看似无关紧要的事透露给大掌柜吴三才，吴三才脸色一沉，当场没有说啥。可他通过一段时间的观察，认定日本人的"据点"里没有几个鬼子了。

　　日本兵轰轰烈烈地占领盐区之后，很快转移主战场，只留下小股的鬼子兵把守盐区。但他们担心盐区人摸清他们的底细后起来反抗，便与盐区人玩起障眼法，以"换防"的形式，不断的更换"据点"内的鬼子兵，让盐区人不知道他们"据点"内有多少人。可大掌柜吴三才看穿了那帮鬼子兵所耍弄地鬼把戏！那帮小鬼们每天大张声势地外出巡逻，而且瞬息万变！一会儿扛着长枪，列队出来招摇过市；一会儿又换上了摩托队"呜呜呜"地满街乱窜；再过一阵子，开辆大卡车又出来了。可换来换去，就是那么几个留守的鬼子兵。这就是说，"据点"里换防来的鬼子兵没有几个。但他们装神弄鬼，虚张声势，以此来威慑盐区人！

大掌柜吴三才掌握了小鬼子们用意后，悄悄地把这个秘密传递出去，想通过盐区的地下抗议日组织，以此端掉日本人设在盐区的"据点"。

可好，这天傍晚，机会来了！一批新换防来的鬼子兵刚刚跳下卡车，便大摇大摆、耀武扬威地上街巡逻，可此时"据点"里是空的。大掌柜吴三才与盐区的抗日军民里应外合，抄起家伙，首先端掉了他们"据点"老窝。接下来，与外出巡逻的鬼子兵们展开巷战，原认为那帮新换防来的鬼子兵不熟悉盐区地形，将其堵进死胡同后，一网打尽！

岂料，小鬼子们相当狡猾，他们左躲右闪了一番，很快逃离盐区，并连夜调来县城的鬼子兵，对盐区无辜的渔民大开杀戒。

对此，大掌柜吴三才百思不得其解，他怎么也想不明白，那帮新换防来的鬼子兵，为何如此熟悉盐区的地型，撤退得如此神速！

不久，日本人战败投降。

大掌柜吴三才再次看到盐区满大街日本人留下的"仁丹"小广告时，联想到那次巷战，忽而一拍大腿，惊呼一声，说：

"鬼子，真是鬼子呀！"

　　原来，那些"仁丹"小广告，看似是日本人的慈善之举。实则是日本人进城以后的导向牌——蓝底白字的小广告，表明前方畅通无阻；白底蓝字的，说明前方是个死胡同。

家
书

日本人占据盐区的那年秋天，杨家九少爷正在自家的学堂里读书。可以想象到，当时，杨家九少爷跟着私塾先生读书的样子，一定是摇头晃脑，满口之乎者也；一定是长衫大褂，穿得温文尔雅，很有点意思的。

杨家，是盐区的大户。杨家人个个精明！经商的发大财；读书者做大官。上到大清，下至民国，京城里都有他们杨家的"红顶子"。到了九少爷读书的时候，虽赶上了乱世。但九少爷凭借家族的显赫地位，仍能衣食无忧，整天摇头晃脑地诵读之乎者也。日本人深知杨家的底细，初到盐区时，与他们杨家挺友好。

新中国成立以后，杨家九少爷在一本回忆录里写道：日本兵初到盐区时，并没有见东西就抢，见好看的大姑娘就去奸污。杨家九少爷说，日本人刚来盐区的时候，还是装作友好的样子。尤其是日本据点里的那些随军女人，见到盐区的孩子们，如同大姐姐疼爱小弟弟、小妹妹一样，逗他们玩耍，寻开心，还扔糖块、饼干之类的零嘴儿给他们吃。

　　杨家九少爷说，日本兵驻扎盐区，目的是占领盐河口的深水码头，并没有恶意地去伤害当地老百姓。那段时间，每天都能看到日本人的小火轮，挂着鲜红的太阳旗，"呜呜呜"地穿梭在盐河里。许多内地运来的货物，如河南的小麦，山西的棉花、大豆、药材以及江浙一带的优质名茶、水果之类，都是通过盐河码头装上货船，开到他们日本去的。

　　盐河码头上，昼夜重兵把守。大约有一个连的鬼子兵，驻扎在盐河口，他们在盐河两岸修筑炮楼、挖壕沟，并用"地笼"式的铁丝网，圈起了大片大片的无民区。

　　每隔三五天，就可以看到一队鬼子兵，骑着高头大马，护送着一帮涂脂抹粉、穿着艳丽的女人，浩浩荡荡地乘着马车从县城方面过来，一路欢声浪语地开进盐河口戒备森严的日本据点内。

　　次日，日升三竿，那些女人如同小瘟鸡一样，一个个无精打采地晃悠在马车里，前后仍旧还是那帮荷枪实弹的鬼子兵把守着，护送她们返回县城大本营。

　　那些姿色各异的女人，大都穿着日本合服，挽着高高的发髻，戴着各种好看的头饰。盐区的孩子们跟在队伍两边看新奇，时不时地就有女人扔糖块给他们吃，有时也扔些花生、大枣、葵花籽什么的。当然，孩子们抢到最多的，还是包装精致的东

家书 二〇〇毛
生可顾

有一回，有一个女
人冲他怀里扔来一块水
果糖，打开来一看，里
面包裹的不是平常吃的
糖块，而是一枚金灿灿
的耳坠儿。

洋糖果儿。胆子大一点的孩子，为了能得到一块好吃的糖果，竟敢靠近那些女人，伸出脏乎乎的小手。

那样的时候，负责"护送"的鬼子兵们就要大声呵斥了。有时，他们还"唏哩哗啦"地拉动枪栓吓唬那些马车里的女人。盐区的孩子们知道，那些鬼子兵们，其中有一部分是"二鬼子"，他们是不会向孩子们开枪的，更不会向马车里的女人开枪，他们只是假假地装装样子，吓唬吓唬马车里的女人和跟着马车奔跑的孩子们。

杨家九少爷说，当时他正在学堂里念书，教书的先生看得紧，他很少有机会去抢糖果吃。但他背着先生，也曾偷偷去过几回，只因为他的个头高，穿戴又很文雅，不好意思跟着队伍穷追不舍，但他选在日本人的必经之路，事先蹲在一处高坡上，或是站在一个拐弯地方静候着。那样，也能得到那些女人扔过来的好吃的。有一回，有一个女人冲他怀里扔来一块水果糖，打开来一看，里面包裹的不是平常吃的糖块，而是一枚金灿灿的耳坠儿。

当时，杨家九少爷并不知道那是啥意思。

后来，日本投降以后，有消息说日本鬼子侵略中国时，从菲律宾、新加坡等不同的国家抢来大批良家妇女充当慰安妇。杨家九少爷这才恍然大悟，感情那个扔耳坠的女人，是想通过杨家九少爷，让那个耳坠儿变成一封家书。只可惜，杨家九少爷当时只会背些之乎者也，糖纸上的洋文他一个也不认识，随手就给扔了。

康家戏匣

　　康家是盐区的大户，鼎盛时期，有着"驴驮钥匙马驮锁"之说。可见当初康家的庭院有多大，开门的钥匙、锁头，都要用驴马来驮，了得！

　　康家戏匣就是那个时期的产物。

　　至今，盐河两岸上了岁数的老人们提起当年康家戏匣，还禁不住连连咋舌：那玩意，奇了！月明星稀的静夜里，那小小戏匣里传出的唱腔，顺着流淌的盐河水，能传出十几里外去。

　　现在想来，那就是一台东洋人玩的留声机。不过，在那个连电灯尚不知何物的年代里，康家老爷子能整来那么个手摇式的戏匣，不亚于当今哪位款爷购来一架私人直升飞机。为此，康家老爷子爱如珍宝，专门请来苏州匠人，做了一个颜色与之匹配的黄花梨木的戏匣子。

　　庚子事变时，康家老爷子死于战乱。饱受炮火洗礼的康家大院，落到大少爷康少千的手上时，他算是悟出了人生的"真谛"，一改老爷子创业、守业，严谨持家的做派，玩起了坐享其成的招数——卖家产。

康家的家产有多大？多厚？无人估得清、说得透！只见康家大少爷一件一件掂当着卖，先珠宝、后字画。后期，康大少爷染上了鸦片，一发不可收！家中的瓷缸石佛，硬木家具也往外搬。等到康大少爷把老爷子传给他的那台留声机也搬进盐河码头的容古斋时，容古斋的老板就猜到康家的家底子，大概是到了水干拿鱼的时候了。

果然，没过两年，康家大院被人抵了债。不过，那时间，康家大少爷已经死了，临到康家第三代长孙康小米来收拾残局，他领着一家老小搬出祖宅，稀松可怜地跑到盐河口盐工们"滚地笼"的地段儿租房子住。可想而知，康家到了什么地步。

好在，这人世间的事如同飞蛾、昆虫一般——飞一辈儿，再爬一辈儿。康家老爷子用尽毕生精力，把康家的产业推向辉煌，轮到康家大少爷持家时，他便换了一种逍遥自在的活法，将康家的老底子翻弄个底朝天。赶到康家穷途末路了，康家的长孙康小米当家理财时，他做梦都想让康家东山再起。

然而，时局不由人。轮到康小米励精图治、追寻豪门的时候，此地已经解放了。所幸，那时间康家没了庄园、没了盐田，无须政府将他们康家扫地出门，他们康家先行一步，跨入贫民行列，反倒落了个无财一身轻。但，康家的祖宅还在，康家的诸多珠宝、古玩字画，还在世间广为流传。只可惜，康家的后人已无力追回了。

七十年代初，年近花甲的康小米，听说省城拍卖行，要拍卖他们康家那件红极一时的戏匣子，康小米动员康家老少儿代人，有钱捐钱，有物捐物，他想去赎回那件标志着他们康家辉煌的玩意儿。

没料到，此时那戏匣的身价，已不再是那台留声机。而是装留声机的那个黄花梨木做的戏匣子。玩古董的人都知道，上等的黄花梨木有着寸木寸金之说。而康家老爷子做那个戏匣子时，正是康家如日中天的时候，所选用的木料自然都是上乘的黄花梨木。

拍卖会上，那个头戴博士帽的拍卖师，双手捧出那个看似骨制一般的康家戏匣子时，全场顿时一片哗然！

拍卖师简单地介绍了一下那个戏匣子的来历，随之，单臂一伸，报出了起拍价——两千块钱人民币。

这在那个吃饭、穿衣还很困难的年代，两千块已经是天价了。而对于早已"贫民化"的康小米来说，更是无缘与之叫板了！当天，他只带来八百块钱。就那，还是全家人捏瘪了口袋凑起来的。

在康小米看来，当时收音机已经普及了，那台老式的留声机或许值不了几个钱了。但他没有料到，拍卖师报出起拍价之后，要价却一路攀升，从两千二百块，到两千四、两千八……眼看就要往三千块钱上攀升时，康小米在一个并不起眼的角落

康家戏匣

要价却一路攀升，从两千二百块，到两千四、两千八……眼看就要往三千块钱上攀升时，康小米在一个并不起眼的角落里，突然大喊一声：『三千！』

里，突然大喊一声："三千！"

康小米的那一声呼喊，是放开喉咙、用足了力气，大声喊出来的，刹那间，震撼了整个拍卖现场。但，无济于事。他要的那个"三千"，只停留了短短的几秒钟，很快，就被后面的"三千五""四千"所淹没了。

尽管如此，康小米还是暗自欣慰。

在康小米看来，他们康家戏匣子，在他康小米这一代，总算是又回来了。虽说，只有那么短短的几秒钟……

神
医

同治年间，盐区有一官人因一次海防决堤时渎职，被朝廷革职，还乡后，心中多有不快，整日闭门不出，日夜沉浸在郁闷中。不久，得了一种间断性耳聋的怪病。

人聋三分痴！夫人看到昔日里风光一时的官人，忽而变得半呆半痴，心中颇为难过，请了众多名医诊治，均不识此病。

一日，一位昔日官场旧友来告，说离此地不远处的云台山中，有一位老道，修炼数年医道，多治一些奇病、怪病，不妨让夫人领着官人去瞧瞧。

夫人把这事与官人手语般地说了，官人先是不信，后是不理。原因是他在州府做官数年，而云台山就在他的州府辖区内，他从来没听说过此地还有什么神奇的老道。

夫人没有就此作罢，派仆人备马山中寻访，以便把那道人请来。

官人知道夫人在操纵着为他看病的事，表面上装作不爱搭理的样子，心中却感激夫人的做法。于是，仆人牵马进山之后，官人便衣冠整齐地在家候着。

哪知，午后，仆人一个人牵马而归。

官人纳闷，夫人不解，迎上去，问："没找到？"

仆人说："找到了。"

夫人问："怎么不请来？"

仆人悄声说："人家不来。"

夫人问："为何不来？"

仆人头一低，把夫人扯到一边说，本来那道人是准备来的。可是，一听说是给我们家老爷看病，忽然间又不来了。

夫人一愣！但她很快明白了：没准老爷在位时，得罪过那位道人了。但是，那样的话，夫人没好对官人讲，她怕刺激老爷的痛处，加重他的病情。自编了一套谎话，说仆人今儿去，扑了个空。

官人半信半疑，骂人家是翻眼狗、白眼狼。也就是说，他在州府里做官时，没有人敢这样对待他。

次日，夫人瞒着官人，备了些烟酒，亲自登门，去拜见那位道人。以此想赔个不是，目的还是想把人家请来。

没料到，那道人收下烟酒，并无出山之意，而是有一搭没一搭地问夫人："病人能否下地走路？"

夫人说："能。"

"既能下地走动，何不叫他亲自来？"

很显然，道人不想出诊。

神医

爱国京乡

道人听夫人一旁叙

述官人的病情，并没有

抬头看官人，便开出一

方，递与夫人，写道：

「为官者，爱听恭维，必

然愚昧昏聩。」

夫人茫然，回到家中，劝官人进山。

官人恼怒，点着自个鼻尖，质问夫人："让我去看他？"

夫人从官人的神情里，看出他仍然没有放下州府道台大人的身架，掩面抹泪，并一再劝说官人今非昔比了。

官人被夫人的泪水泡软了心，默认了夫人的话。

转天，夫人领官人进山，专程去见那位道人。

道人听夫人一旁叙述官人的病情，并没有抬头看官人，便开出一方，递与夫人，写道：

> 为官者，爱听恭维，必然愚昧昏聩。若医此病，须诚意自贬，甘作凡夫，身入群体，恭谨待人；闻颂扬之言而思过，闻刺耳恶言而自省。天长日久，病可愈矣！

夫人看过此方，颇有同感。但夫人对"天常日久"感到遥遥无期，想知道何时是了，便问："是否还有更快的法子？"

道人说："有！你让他到我的破庙来，规规矩矩地供我驱使，受我训斥，不出仨月，我保他百病皆除。"

官人大怒："我甘愿不治此病，也不能来此破庙，受他一介贫僧的训斥！"言罢，甩袖欲走。

道人匆忙又开出一方子，亲自递与官人，官人看罢，顿时额冒冷汗，举步不前了。

那道人的另一处方上写道：此病不治，必将遗传给后辈子孙。

补
漏

　　土改时候，盐区的土财主温少康，一夜之间，沦为阶下囚。

　　温少康不是大盐商，属于小财主，城里有住宅，盐区有盐田，娶着大小老婆，家中长年雇佣着担水劈柴的伙计。日子过得红火时，身边也曾围候着两三个俊巴巴的小丫头，帮他捧过水烟袋。

　　被打倒后，他被指定住在马棚牛圈里。一时间，温少康温老爷心中虽有些委屈和怨恨，可他看到往日比他辉煌的大盐商们，一个个不是弃家而逃，就是被镇压，他能领着一家老小在马棚牛圈里苟且偷生，也算是知足了。

　　但马棚牛圈毕竟不是人待的地方，一场暴雨袭来，房顶八面漏雨，泥盆、瓦罐都派上用场，还是抵挡不住"滴答滴答"的漏水声。无奈之中，温老爷悄悄揣上钱，找到当初在他家做长工的沈三麻子。

　　沈三麻子接过温老爷给的钱，没说是去还是不去，低头沉思良久，吞吞吐吐地告诉温老爷说："老爷，你还欠我两年的工钱！"

温老爷猛一愣神儿，似乎是想起确有其事。

当时，沈三麻子吃的用的都是温家的，他做梦都想跟着温老爷飞黄腾达，怎么也没料到时局变化得这样快！转眼之间，温老爷就被扒去长衫大褂，成了人人唾弃的可怜虫。

温老爷被扎上高纸帽，赶出温家大院的那一刻，盐区政府号召有冤的申冤，有仇的报仇。沈三麻子想借此机会讨回两年的工钱，可他看到温老爷被捆绑的那副可怜相，话到嘴边，又咽了回去。

如今，温老爷揣着钱来找他修房子，沈三麻子想：瘦死的骆驼比马大！温老爷家的存货一定不少。既然如此，他就想讨回他在温家辛苦了两年的血汗钱。

可此刻的温老爷，不再是昔日里挥金如土的温老爷了，他盐区的盐田被分了，城里的住宅已划在别人的名下，家中值钱的物件儿也都充公了。今日，他带来的钱，那是他藏在地下的一点点存货，不得已才扒出来求沈三麻子去给他修房子。他自然不会在这个时候去跟沈三麻子算什么工钱不工钱。

温老爷说："这样吧沈三，你先去给我修房子，工钱嘛，我会记在心上，一旦时局有所好转，我会如数付给你的。"

沈三麻子知道温老爷是个老滑头，可他的话已经说到这份上，也不好再强求他了，随后跟着温老爷去修房子。

补漏

沈三麻子没有一句
多余的话，房上房下地
修补一番之后，冲温老
爷拱拱手，说：「温老爷，
你尽管住房吧，不会再
漏了！」

那时间，温老爷已没有当初做老爷的威风，伏下身子帮沈三麻子和泥浆，递柴把子，还站在房檐下，一处一处地指给沈三麻子找漏儿。

沈三麻子按温老爷指给他的漏儿，一处处修补得很认真。可数日后，又一场风雨来临时，前期修补过的地方不漏了，没经修补的地方又漏了。

温老爷知道这马棚有了年头，不全面修整是不起作用了。可当时正是整治"地富反坏"的时候，他不敢大张旗鼓地修建房子，只好再揣上和上次一样多的钱去找沈三麻子。

这一回，沈三麻子是冒雨来给温老爷修房子的。大雨中，沈三麻子房上、房下地滚爬了一身泥水之后，并没像上回那样得了钱就回去，而是不言不语地蹲在温老爷家的院门口，想再讨点赏钱。

温老爷与沈三麻子打交道多年，这点事情他还是懂得的，二话没说，又摸出一点钱来给了他。沈三麻子连个"谢"字都没说，起身走了。

时隔不久，又是雨天，温老爷又来找沈三麻子。沈三麻子一看温老爷来，就知道他那牛棚马圈又漏上了，当场要价，加价五倍！说他不想在雨天里爬上爬下了。

温老爷明知道他这是乘人之危，漫天要价！可房漏似水患，总不能眼睁睁让它漏下去，一家老小无处安生吧？捏着鼻子答应了沈三麻子的要价，条件是：一定要把漏雨的地方都修补到。

沈三麻子没有一句多余的话，房上房下地修补一番之后，冲温老爷拱拱手，说："温老爷，你尽管住房吧，不会再漏了！"沈三麻子没好说，他两年的工钱已经要足。

温老爷看着沈三麻子远去的背影，怎么也不会想到，那个看似万般忠厚的沈三麻子，为讨回他在温家的两年工钱，借此修房之机，每回都在理顺房上柴草时，专门竖起几根柴草做漏儿。